# 피땀
# 눈물

글로써
먹고
산다는
일

# 작가
이송현

or who I am

피땀
눈물

작가
이송현

# 차례

Mama, Thanks

"친구들, 꿈이 뭐예요?"

초등학교 어린이들을 대상으로 온라인 강연을 하다가 물었다. 모니터 화면 여기저기에서 어린이들이 손을 들었다.

"외교관이요! 그래서 여섯 살 때부터 영어를 배웠어요."

"저는 축구선수기 되려고 다섯 살 때부터 지금까지 축구교실에 다녀요. 그런데 코로나 때문에 지금은 쉬어요."

어린이들의 꿈은 확고했고, 실현하기 위한 방법은 체계적이었다. 속으로 '와, 어마무시한 어린이들!' 감탄하는데 모니터 한켠에서 수줍게 손을 드는 어린이가 있었다.

"그래, 네 꿈은 뭐니?"

이번엔 또 얼마나 엄청난 꿈일까, 내심 기대를 하고 있는데 여덟 살 어린이는 모니터 가까이 얼굴을 들이밀며 속삭였다.(그렇게 하면 나한테 귓속말하는 거라고 생각한 걸까?)

"나는 아직 모르겠어요."

아, 이 어린이야! 모르면 어떠랴. 꿈이란 것이 원래 그런 거란다. 오랜 고민과 의문 속에서 천천히 피어나는 그런 것.

수줍게 말하는 어린이의 표정에서 나는 내 어린 날을 떠올렸다.


한때 나는 기가 막힌 꿈을 가졌다. 단순히 수영을 잘하고 싶다는 욕망에서 출발한 꿈이었다. 같이 수영을 시작한 친구들이 자유형 발차기에서 벗어나 배영, 평형을 배울 때까지 나는 수영킥판에 매달려 수영장 물을 한 양동이씩 마셨다. 물 한 모금에 좌절과 물 한 모금에 슬픔과 물 한 모금에 신세한탄과 물 한 모금에 분노가 이어졌다.

"엄마, 나 개구리가 되고 싶어."

딸아이의 뜬금없는 고백에 엄마는 당황할 법했

다. 그러나 엄마는 현실적이고 이성적이었다.

"아휴, 미안해서 어쩌니. 엄마가 인간이라 넌 양서류가 될 수 없는데."

뜻밖에 사과 아닌 사과를 받았다. 그 당시 나는 양서류가 무엇인지 정확히 파악할 수 없는 나이였다. 엄마는 아쉽지만 개구리는 다음에 태어나면 되어보라고 격려했다. 지금은 인간이니까, 일단 연습을 더 해보라고 했던 것도 같다. 엄마의 요상한 응원 덕분인지 시간이 흘러 나는 평형을 몹시 잘하는 사람이 되었다.

초등학교에 입학을 하고 매년 새 학기가 되면 담임선생님은 아이들의 장래희망을 조사했다. 선생님 입장에서야 의무적인 행사였을지 모르지만 나는 매년 고뇌했다. 되고 싶은 꿈이 너무 많았던 탓이다. 평소 나에게 욕심이 많다고 지적하던 엄마가 웬일로 꿈이 많다는 내 말에 긍정적인 반응을 보였다.

"꿀 수 있을 때 많이 꿔. 꿈꾸는 건 공짜니까. 이것

저것 생각하고 도전하다 보면 네게 맞는 진짜 꿈이 나타날 거야."

　엄마의 조언은 늘 명쾌했다. 너무 명쾌해서 엄마 꿈 아니라고 쉽게 말하나, 의심스러운 적도 있었다. 딱 한 번, 엄마가 나의 꿈에 대놓고 재를 뿌린 적이 있었는데 다름 아닌 피겨 스케이팅이었다. 엄마는 스케이트를 기가 막히게 잘 타는 사람이었다. 자신은 학창시절부터 스피드 스케이팅을 했으면서 내게는 하얀색 피겨 스케이트를 선물해주었다. 발목 부분에 황금색으로 이름까지 새겨서.

　자연스럽게 나는 피겨 스케이트를 탔고 온갖 묘기를 부리며 선수가 될까 심각하게 고민했다. 그런 내게 엄마는 정확한 지적을 했다.

　"취미로 타. 선수 할 정도는 아냐. 그렇게 타서는 어림도 없어."

　그러더니 175센티미터 대한민국 평균 신장의 아버지를 소환해서 팔, 다리 길이 운운하다가 레슨비

등등의 경제적 상황을 설명했다. 포기가 빨랐던 것을 보니 피겨 스케이팅에 관한 내 꿈은 절실한 것이 아니었나 보다.

엄마는 뭐랄까. 묘한 사람이다. 굉장히 신념 있는 교육관을 갖고 있는 사람처럼 보였다가 그냥 그런 엄마처럼 굴기도 했다. 어느 것이 진짜 엄마의 본모습인지 나는 여태 파악하지 못했다.

선생님+작가, 의사+작가, 군인+작가, 검사+작가, 로봇 조종사+작가…….

수많은 꿈들이 나를 적시고 지나갔다. 하나만 적으라는 담임선생님의 말을 매년 모른 척하면서 별책부록처럼 '+작가'를 곁들였다. 엄마는 뒤꽁무니에 매달린 '+작가'를 흘깃 보며 이렇게 말했다.

"이건 취미로 해라. 경제적으로 쉽지 않거든."

엄마는 그 별책부록이 본품이 될 것이라는 걸 예측했나 보다. 한 살 한 살 나이를 먹어가고 꿈이 하루에 열두 번 바뀌어도 변하지 않는 것이 하나 있었으니 엄마의 야릇한 응원이었다.

　팔, 다리가 짧아서 모델은 힘들지.
　너, 체력이 별론데 괜찮겠어? 직업군인은 훈련이
　엄청 빡세다.
　검사가 되기에 우리 딸의 정의감이 대단한가?
　의사가 되려면 일단 수학 점수부터 올려야겠다.

　엄마는 놀림인지 응원인지 알 수 없는 말을 이어
갔다. 그러나 난 엄마와의 대화 속에서 현실을 직시
했고 잘하는 것, 재미있게 할 수 있는 것을 찾으라는
엄마의 조언에 매번 홀린 듯 고개를 끄덕였다. 아무
리 힘든 상황이 발등에 떨어져도 내가 즐길 수 있는
일이 내 꿈이라면 나는 행복하게 살 수 있을 것이라
는 게 엄마의 설명이었다. 급기야 별책부록을 내 꿈
으로 정하자, 엄마는 두 번 다시 경제적 어려움이니
등단 가능성 여부 같은 말을 입에 올리지 않았다.

"내 딸이 아니면 그 누가 작가가 되겠어!"

이렇게 큰소리를 쳐놓고 엄마는 유명하다는 무속인을 찾아가 내 등단 여부를 묻기도 했다. 재미 삼아 봤다고 하기에는 다소 먼 거리를 찾아갔다.

이제 나는 작가가 되었다. 잘 쓰고 있는지는 모르겠으나 쓰는 일이 즐겁고, 내 글을 읽는 독자들이 나보다 더 즐거웠으면 좋겠다. 그래서 온라인 강연 끝자락에 아직 자기 꿈이 뭔지 모르겠다는 어린이에게 확실히 말해주었다.

"네 꿈이 뭐가 되었든 그 꿈의 주인은 너야."

야심한 밤에 작업을 하다가 이야기가 잘 풀리지 않으면 나는 팝페라가수 일 디보<sup>Il Divo</sup>의 노래 '마마<sup>Mama</sup>'를 틀어놓는다. 기가 막히게 멋진 문장이 아니더라도, 모두가 탄복할 캐릭터를 만들지 못하더라도, 나는 괜찮다. 나에게는 엄마가 있으니까.

"야, 네가 쓴 이야기가 재미없으면 누가 쓴 이야기가 재밌는 건데?"

이토록 뻔뻔하게 당신의 딸을 대놓고 응원하는 엄마가 세상에 또 있을까. 죽었다 깨어나도 못 만날 것 같다. 어느 날, 머리를 하러 같이 미용실에 가던 길에 엄마가 내게 말했다.

"넌 다시 태어나면 나 만날 거니?"

하아, 아직 살 날이 엄청나게 많이 남았는데 죽고 난 다음까지 계획을 세워야 하나. 하기야 엄마의 계획성이라면 미리 세워두는 게 맞다.

"응, 당연하지. 난 다시 태어나도 엄마 딸로 태어나고 싶어. 엄마는?"

"나도 네 엄마로 태어날게. 우리 또 만나자."

이 감동의 멘트는 "아빠도 같이 만날까"라는 나의 물음에 "됐다 그래. 아빠는 더 생각해볼 거야"로 살짝 스크래치가 나고 말았다. 그래도 우리는 미용실에 가는 내내 크게 웃을 수 있었다.

Mama, Thanks for who I am.


　일 디보의 노래 '마마'가 귓가에 맴도는 밤이다. 이상하게 원고도 쓱, 스스쓰윽 잘 써진다.

　신이 나서 키보드를 두드리는데 엄마가 방문을 열고 나를 빤히 쳐다본다.

　"야, 그만하고 자. 늙어."

　그래, 나는 늙어가고 있다.

　평생 내 꿈을 응원해준 엄마와 함께.

동화가 나타났다!

가정의 달을 맞이하여 특집극 대본을 써볼 수 있는 기회가 생겼다.

　아, 앞으로 나는 5월을 사랑하는 사람이 되겠구나.

　일 년 열두 달 중에 어느 달이 가장 좋으냐고 누군가 내게 묻는다면 나는 서슴지 않고 5월이라 말하리! 가정의 달 특집극인만큼 아름다운 가정을 그리고 싶었다. 어린이와 부모와 사돈의 팔촌까지 행복할 이야기를 꿈꿨다. 주인공을 꽃미남 청년으로 삼으려던 내 계획은 야심한 시각, K사에서 방영한 드라마로 인해 불발되었다. 아역배우들이 주연인 단막극이었는데 어린 친구들의 연기가 눈부셨다. 웬만한 성인 배우들을, 그야말로 한 발로 눌러버리는 연기를 펼쳤다고 하면 너무 과장된 표현이려나.

　좋아, 내 대본의 주인공은 어린이다!

　누가 귀에 대고 문장을 불러주는 것도 아닌데 미

친 듯이 대본을 써 내려갔다. 손으로 글을 쓰면서 입도 쉬지 않았다. 혼신을 다해 대사를 외치고 울부짖고 깔깔대는 바람에 엄마는 간간이 내 방문을 열고 묘한 눈빛을 보냈다.

'네가 단단히 미쳐가는구나.'

엄마의 눈빛은 읽기 쉬웠다. 하지만 나는 미쳐도 좋으니 생생한 대사를 원했고, 미쳐도 좋으니 대본 속 모든 인물들이 건강하게 살아 있기를 소원했다. 그렇게 온 마음을 다해 2부작 대본을 완성하고 감독님께 쓱 내밀었다. 자신 있었다. '이만큼 웃기고, 이만큼 심장을 간질이고, 이만큼 눈물을 뽑을 이야기가 또 있겠습니까!' 외치고 싶은 것을 간신히 참았다. 그저 감독님 댁의 테라스에 진열된 선인장들을 살피면서 오케이 사인을 기다렸다.

"이 작가, 체육대회를 꼭 해야겠어?"

나는 대본에서 체육대회를 넣지 말라는 법을 배운 적이 없었다. 설마 내가 모르는 사이에 새로운 작법이 생긴 걸까?

감독님의 말인 즉, 체육대회를 하면 어린이 엑스트라를 얼추 수십 명은 동원해야 하는데 그건 전부 '돈'이란 거다. 고로 나는 감독님에게 경제 개념 없는 작가로 깊은 인상을 남기고 말았다.

입안이 비렸다. 감독님은 내 대본을 차는 대신, 전어를 푸짐하게 쐈다. 전어를 씹으며 나는 다짐했다.

내, 비록 오늘은 체육대회 때문에 주저앉았으나 기필코, 언젠가, 반드시, 체육대회로 일어서리라!


전어의 비린 맛이 입안에서 깡그리 사라질 즈음, 동화작가 선배에게 만나자는 연락이 왔다. 오랜만에 만난 반가움도 잠시, 선배가 대뜸 내게 물었다.

"송현, 너 아직도 동화 쓰지?"

앗, 동화! 동화를 잊고 있었다. 스무 살 무렵 동심이 철철 흘러넘치는 시늉을 하며 동화를 썼던 기억에 나는 꽥, 큰 소리를 쳤다.

"아무렴, 아직도 즐겁게 동화를 쓰고 있지."

그리고 선배의 한 마디가 나를 벌떡 일으켜세웠다.

"마해송 문학상이 이달 말 마감이야. 동화를 쓰고 있다니 한번 도전해봐."

마해송 문학상은 내가 도전한다고 해서 내 몫이 될 만큼 만만한 상도 아니고, 당시 내 노트북에 저장된 동화 원고수는 제로였다. 게다가 원고 마감일은 삼백 일을 앞두고 있는 것도 아니었다. 달랑 삼십 일, 내게 남은 시간은 고작 한 달 남짓이었다. 그러나 내게는 고질병이 하나 있었으니, 일단 듣고 나서 포기하는 일은 절대로 없어야 한다는 강박관념이었다.

"쓰자, 일단 쓰자."

결의는 대단했으나 삼십 일의 압박은 예상보다 엄청났다. 스토리 진도가 팍팍 나가도 부족할 시간인데 '30'이란 숫자가 눈앞에서 맴돌 뿐이다. 계속 멍한 상태만 유지하고 있으니 원고의 진도는 더뎠다. 똥 마려운 강아지는 양반이었다. 노트북 앞에만 앉으면 안절부절, 그렇다고 노트북을 탁 덮고 포기할 배짱도 없었다. 뭐랄까, 예감했다고나 할까. 쓰기만 하면 역사가 이루어질 거란 막연하고도 지나치게 긍정적인 성격이 크게 작용했다. 그렇게 노트북에 저장된 파일을 살피던 중, 나는 '신이 내게 기회를 주는구나' 싶었다. 비록 파일에 동화 원고는 없었으나 내게는 가정의 달 특집극 대본이 있었으니까.

그래, 됐어. 어린이 하면 동심, 동심 하면 웃음과 감동이지.

그랬다. 특집극 대본의 어린이 주인공 소준영이 있는 이상 나의 도전은 끝나지 않았다. 삼십 일이면 대본을 동화로 각색하기에 충분한 시간이었다. 나는 열두 살 주인공 소준영을 앞세워 준영의 아버지 소지섭은 물론이요, 어린이 친구들, 할아버지, 기타 등등의 인물들을 동화라는 무대 위에 세웠다.

원, 투, 차차차! 쓰리, 투, 차차차!

동화 속 인물들은 바쁜 내 마음을 알기라도 하듯 어느 순간부터 알아서 움직이기 시작했다. 그리고 11월 30일 마감일을 이틀 앞둔 11월 28일에 나는 뒤도 돌아보지 않고 우체국으로 달려가 익일특급으로 원고를 문학과지성사에 보냈다.

잘 가라, 이것으로 가정의 달 특집도 끝이 났구나.

완성의 기쁨은 의외로 컸고, 그동안 잊고 있던 동심을 되찾은 기분에 마음이 가벼웠다. 어쩐지 내 영혼이 순수해진 느낌도 들었다.


수영장 바닥을 향해 몸을 날리면서 추락하는 즐거움을 실컷 만끽한 날이었다. 정확히 말하자면 오십 분 내내 물속으로 뛰어내리는 스타트 연습을 했다. 그 무모한 연습 탓에 흔들리는 골을 부여잡고 탈의실 락커를 여는데 전화벨이 울렸다. 알 수 없는 번호였다. 귀에 전화기를 대고 주섬주섬 옷을 걸치는데, 상냥한 목소리가 들려왔다.

"안녕하세요? 이송현 씨 휴대폰이죠?"

그랬다. 문학과지성사였다. 내가 마해송문학상 수상자로 선정되었단다. 그렇게 동화가 내게 왔다!

이렇게 옷도 제대로 갖춰 입지 않은 헐벗은 모습으로 동화를 내 인생에 맞이해도 될까? '이토록 음험하고 이토록 비교육적인 이송현이 동화를 쓴다고?' 기함을 했던 모 감독님에게 『아빠가 나타났다!』는 역사적인 동화가 될 것이리라.

공교롭게도 시상식은 5월, 가정의 달이었다. 그렇게 2009년 5월, 나의 첫 장편동화 『아빠가 나타났다!』가 내 생에 나타났다. 나의 과거는 음험했으나 앞으로의 나날은 동심이 가득할 것이라고 다짐을 해 보는데…….

흥흥흥, 자꾸만 콧바람이 비집고 나오는군.

° 『아빠가 나타났다!』 이송현 글, 양정아 그림, 문학과지성사, 2009

선생님의 귓속말

초등학교 3학년 담임선생님을 떠올려보면 한 단어로 설명할 수 있다.

일기!

담임선생님은 오십 대 후반의 여자 선생님이셨는데 월요일 아침 자습시간에 늘 일기 검사를 하셨다.

반드시 하루도 빼먹지 말 것!

똑같은 하루는 이 세상에 존재하지 않는다는 것이 선생님의 말씀이었다. 열 살의 나에게는 쉽지 않은 일이었다. 아무리 생각해도 나의 하루는 어제와 오늘이 똑같거나 비슷했는데 '똑같은 하루는 존재하지 않는다'라니! 급기야 일기장 한 바닥을 채우기가 힘들어서 하루는 동시를 짓고, 하루는 멋대로 노래 가사를 만들어서 적고, 급기야 엉터리 이야기까지 지어냈다. 누가 봐도 거짓말 같은 일상이 적힌 일기에 담임선생님은 파란 볼펜으로 정성스럽게 멘트를 적어주셨다. 옆 짝꿍 일기에 적어놓은 말이랑 비슷하겠거니 했는데 담임선생님이 일기장 말미에 달아준 멘트는 하나같이 다 달랐다. 나만을 위해 다정하게 귓속말을 속삭여주는 듯한 느낌이랄까.

멋대로 지어내는 일기 쓰기에 지쳐갈 무렵, 비록 일기 내용은 점점 부실해질망정 나는 유쾌하고 발랄한 열 살짜리였다. 친구들과 얼굴만 맞대면 별의별 이야기가 쏟아졌다. 하루라도 입이 쉬는 법이 없다고 할머니가 감탄할 정도였으니까.

"송현아, 너 진짜 재밌는 얘기를 많이 알고 있구나. 그러지 말고 일기에 적어봐. 말로만 하면 그 재밌는 얘기가 다 사라지잖니? 적어놓으면 계속 보며 이야기할 수 있어."

자습시간에 신나게 떠들어서 혼날 줄 알았는데 선생님은 '조용히 해!'라든가 '넌 왜 그렇게 말이 많니?'라는 질타 대신 등 뒤에서 내 이야기를 가만히 듣고 계셨던 것이다. 머쓱하기도 하고 미안한 마음에 '선생님 말씀대로 재밌는 얘기를 일기에 정리해볼까?' 결심했다. 그것이 내 글쓰기 인생의 시작이었다. 쓰다 보니 사건을 재밌게 만들고 싶었고, 그러려면 이야기의 주인공을 잘 설명해야 할 것도 같은 기분이 들었고, 재미뿐 아니라 이야기 끝에는 감동도 조금 곁들이면 좋겠다는 생각을 했다. 안 그래도 말 많은 내가 일기장에 대고 엄청난 수다를 떨기 시작한 것이다. 쓰다가 분량이 지나치게 넘치면 말미에 '내일 일기에서 만나요!' 따위의 가당치도 않은 후속편 홍보 글을 적어 넣기도 했다.

그리고 일기 끝자락에 담임선생님이 내게 남기는 응원 글에 나는 한껏 고취되고 말았다.

오오, 내일이 기다려지네.
선생님이 생각했던 것과 반대로 이야기가 흘러가서 깜짝 놀랐어.

선생님이 내 일기에 남긴 글 때문에 나는 일기 한 편을 쓰는 데에 더 공을 들이기 시작했다. 내 일기를 기대하는 선생님을 실망시키고 싶지 않은 마음이었 달까?

그렇게 선생님은 내 글의 첫 독자가 되어주었다.

선생님의 한 마디 덕분에 글짓기의 '글' 자에도 관심이 없던 내가 글짓기 대회에 나가는 일까지 벌어졌다. 글짓기라면 질색하는 아이들에게 담임선생님은 명쾌하게 말씀하셨다.

"모두가 글짓기 대회에 나가지 않아도 좋아. 하지만 글쓰기가 조금이라도 즐거운 사람이 있다면 한번쯤 도전해보는 건 어떨까?"

나는 도전하기로 마음먹었고, 난생처음 글짓기 대회에 참가했다. 200자 원고지가 벼랑 끝처럼 보였으나 글짓기 대회에 나가기 전날 선생님이 내 일기장 적어준 말을 떠올리며 마음을 다잡았다.

송현아, 글짓기 대회라고 별것 아니다.

나한테 들려줬던 이야기, 친구들한테 들려줬던

이야기를 원고지에 적어보는 거야. 일기장에 썼던
재미난 일기처럼.

말이 많다고, 조용히 하라고 주의를 주는 대신 선생님은 재밌는 이야기가 세상에서 사라지면 안 된다는 말로 내게 연필을 쥐고 일기장을 가득 채울 수 있는 용기를 심어주셨다. 그 작은 용기는 200자 원고지 칸칸에 차곡차곡 쌓여갔고, 그 열 살짜리 작은 아이는 오늘날, 자기가 쓴 동화책 끝자락 작가의 말에 '으랏차차, 이송현'이라고 쓰는 사람이 되었다.

정말 다행이다. 내가 하는 모든 이야기가 재미있다고 귓속말을 건네준 담임선생님한테 깜빡 속아서.

발로 쓰냐?

어느 날, 동창 하나가 날 두고 이렇게 말했다.

"넌 대체 몇 년째 책가방을 메고 다니는 거니?"

남들이 귀엽고 앙증맞고 우아한 핸드백을 들고 다닐 때도 나는 책가방을 멨고, 지금도 책가방이다.

초등학교 육 년, 중·고등학교 육 년, 대학교 사 년, 석사 이 년, 박사 사 년, 그리고 대학교에서 강의를 맡고 지금까지……. 계산하려고 했는데 대학교에서 짤리지 않는 한 계속 책가방 인생일 듯하다. 책가방을 메고 다니긴 해도 이제는 학생이 아닌 입장인 것을 다행으로 여겨야 할까? 불행으로 여겨야 할까?

그리고 학기 초가 되면 책가방을 메고 강의실에 들어가 강의를 듣는 친구들에게 딱 한 가지 당부를 한다.

"무슨 일이 있어도 작품을 읽고 작품에 대해서만 이야기할 것. 좋았다면 어떤 점 때문에 좋았는지 설명하고, 수정해야 할 사항이 있다면 반드시 정확한 근거를 들어서 설명할 것."

문예창작과 실기 수업은 작품 합평으로 이뤄지다 보니 때로는 넘치는 의욕 탓에, 때로는 자의식 과잉으로 합평을 받는 친구들에게 상처주는 말들을 서슴없이 내뱉고는 한다. 뭐, 그럴 수도 있다든가, 합평 때 상처를 받아야 나중에 세상에 내 글을 내놨을 때 그 어떤 험한 소리도 견딜 수 있는 내공이 쌓인다든가 할 수도 있겠다. 그러나 나는 적어도 내 수업을 듣는 친구들이 자신의 글을 들고 세상에 나갔을 때 상처를 받거나 험한 소리를 듣고도 '나는 훈련이 돼 있어. 그러니 그 어떤 험한 소리도 견딜 수 있지. 내 마음에는 단단한 굳은살이 박혔거든' 따위의 헛소리는 하지 않기를 바라는 사람이다. 왜 앞날이 창창한 내 새끼들한테 굳이 상처를 주나?

너희는 잘하고 있다. 부족해도 열심히만 해라. 포기하지 않으면 반드시 네 글은 견고해질 것이고, 하루하루 잘 성장할 것이다.

응원은 누구에게나 필요한 것이 아니겠는가.

대학원 1차 때였을 것이다. 소설 합평 시간이었고, 열 명 남짓한 석·박사생들이 수업을 듣고 있었다. 소설을 발표하고 나름 긴장한 얼굴로 원우들의 평가를 기다리고 있었다. '오오, 대작일세' 하는 호평을 바라지는 않았지만, 적어도 인격모독을 당할 것이라고는 예상치 못했다. 이런저런 평가의 말들이 있었고, 나는 부지런히 원우들의 평을 공책에 메모했다. 어차피 완벽한 글이란 세상에 존재하지 않는다고 믿는 나였고, 나의 부족함이 무엇인지 쓰면서 이미 느끼고 있었기에 쉽게 수긍을 하면서 필기를 했다.

　"하아…… 이거야, 원."

　박사 선배의 평가는 해독할 수 없는 성격의 것이었다. 그러나 뉘앙스만으로 몹시 불만족스러워한다는 것은 확실했다. 사람이라면 누구나 자기 취향이란 것이 있기 마련이고, 내 소설이 그 선배의 기준에는 함량 미달이었을지도 모른다. 그러나 한숨의 길이와 높낮이를 더듬어가며 내 글의 문제점이 무엇인지 정확히 꼬집기란 쉽지 않은 것도 사실이었다. 구체적으로 설명하라는 교수님의 말씀에 선배가 한숨 뒤에 말을 이었다.

"발로 썼니?"

아, 발로 글을 쓰는 사람도 있구나! 그 발로 쓰는 엄청난 능력을 가진 사람은 나였고. 나도 몰랐던 내 발의 능력을 알려준 것은 감사하나 그보다 내 작품의 문제점이 무엇인지 명확하게 알려주면 좋으련만.

그 선배는 내게 학교는 어떻게 들어왔냐, 이 실력으로 학교를 망신시키는 건 아니냐 등등의 의견을 피력했다. 물론 속상했을 수는 있겠다. 자신이 너무나 사랑하는 모교에 나 같은 후배가 입학해서 소위 '깊은 빡침'을 느꼈던 거겠지. 그러나 정말 학교와 학과에 애정이 있었다면, 적어도 뭔가 배우겠다고 온 후배에게 작품을 제대로 쓰는 방법과 선배로서의 경험과 학습법을 조언했다면 어땠을까?

합평 수업은 애매해졌다. 내 머릿속은 그 자리에서 울거나 화를 낸다면 나는 앞으로의 발전 가능성마저도 없는 사람이 될 것이라는 생각뿐이었다. 최대한 냉철하게 상황을 마주할 필요가 있었다. 이러니저러니 해도 내 작품이 부족한 것은 사실이었고, 부족함을 알기에 공부를 더 하려고 진학했다. 나의 그 부족함에 화가 난, 바로 그 선배 같은 사람도 얼마든지 세상에 있을 수 있었다.

곧이어 교수님은 수업을 정리하셨고, 나는 원우들에게 정중히 내 뜻을 알렸다.

"합평은 모두가 함께 하는 수업인데 제 부족한 작품으로 원우들의 시간을 빼앗은 것 같아서 죄송합니다. 부족하지만 오늘 합평해준 내용을 바탕으로 더 나은 글을 쓸 수 있도록 노력하겠습니다."

개교 이래, 발로 글을 쓴 사람이 없었던 걸까?

그 누구도 내 곁에 다가와 어쭙잖은 위로를 건네

거나 선배를 욕하는 일은 없었다. 친하게 지내던 무리들이 다가와 '괜찮아?'라고 묻는 게 다였다.

전혀 괜찮지 않았다. 발로 써도 글은 내 글이었고, 쓰는 동안에는 최선을 다했다. 역부족이라면 그건 하나씩 배워가면서 채울 수 있다고 믿는 내게 '발로 쓰냐?'는, 어쨌거나 내 미래를 함부로 예측하는 것이었으니까.

나는 지고 싶지 않았다. 적어도 글을 쓰는 사람이라면 나 스스로를 부정하지 말아야 한다는 믿음을 저버리고 싶지 않았다. 무엇보다 나는 어떤 경우에도 웃는 법을 먼저 배우라는 부모님 밑에서 자란 사람이었다. 나는 걱정하는 동기와 선배 들을 향해 '피식' 웃어 보였다.

"다음번에는 반드시 손으로 써서 오겠스!"

집으로 돌아가는 길에 나는 다짐을 했다.

반드시 그 선배놈은 꺾어버리겠다! 다른 건 몰라도 기필코 그 선배놈보다 나은 작가가 되겠다! 작가가 된 나는 그 누구에게도 '발로 썼냐?' 따위의 말은 하지 않겠다!

발로 글을 썼던 그 스물넷의 아이는 이제 어엿한 작가가 되었다. 조앤 롤링을 능가하거나 '이송현' 하면 '아, 그 작가!' 할 정도의 유명세는 없지만 적어도 즐겁게 손을 움직이면서 쓰고 있다. 매일매일 노트북의 빈 공간을 이런저런 이야기로 채워나가면서 성실하게 살아내고 있음을 느낀다. 가끔 신나게 쓰다보면 손가락이 곱을 때도 있다. 그럴 때면 나는 손가락을 물끄러미 내려다보며 그날의 합평 시간을 떠올린다.

쓰디썼던 그날의 상처는 잘 아물고 단단해졌으나 흉터는 분명 남아 있을 것이다. 이렇게 문득 생각나는 것을 보면……. 그리고 나는 '피식' 웃으며 중얼거린다.

야이, XX 선배놈아! 너 같으면 손 놔두고 발로 쓰겠냐?

# 겨드랑이가 불러온 영광

동화를 쓰다가 시트콤 쪽으로 향하게 된 것은 순전히 '운'이었다고 믿고 있다. 내 인생은 단 한 번도 남을 웃긴 적이 없다(물론 날 보고 웃는 인간은 많았지만). 대단한 텔레비전광도 아니었기에 내 팔자에 텔레비전 시트콤 일을 하게 될 인연이 있을 리 만무했다. 그러나 습작으로 써놓은 2부작 대본이 한 선배의 손에 여차저차 해서 들어가 있었고, 그 선배는 나의 대본을 대수롭게 넘기지 않았다. 또 여차저차 해서 나는 집으로 향하는 마을버스 안에서 한 통의 전화를 받게 되었다.

"이송현 씨 전홥니까?"

"네, 전데요."

지금 생각해도 가히 상냥한 전화 매너를 지니지 못한 자가 나란 인간이었다.

"아, 난 김병욱입니다."

순간 머릿속으로 빠르게 화면이 돌아갔다.

<순풍산부인과>의 그 김병욱 감독?


　　때마침 마을버스는 유명 산부인과 체인 앞에 멈춰섰다.
　　"아하, 네에. 알아요."
　　"그래요. 한번 만나봤으면 하는데……."


　　아, 이것이 업계의 러브콜인가!


　　겸손하게 받고 싶은 마음이었다. 그러나 마을버스 안은 만원이었고 너무나 시끄러웠다. 이렇게 시끌벅적한 버스 안에서 대감독의 전화를 받는 것은 예의가 아니란 빠른 판단을 내렸다.
　　"감독님? 지금 전화를 받기가 곤란한데, 이따가 저녁 6시쯤 다시 통화하면 안 될까요?"
　　"오케이."
　　감독님은 어떠한 이유도 묻지 않고 쿨하고 명쾌

하게 대답했다. 전화를 끊고 심장이 입 밖으로 나올까 봐 입을 꾹 다물었다. 입꼬리가 자꾸만 승천하려고 씰룩거렸다. 살면서 잊고 있던 <순풍산부인과>의 명장면들이 스쳐 지나갔다.

여의도 모 오피스텔에서 면접을 보게 되었다. 전화를 받을 때까지만 해도 이렇게 많은 작가 후보군이 올 줄은 몰랐다. 그래, 모르는 편이 나았다. 알았다면 미리 패배감에 휩싸여 안색이 몹시 안 좋았을 것이다. 나에겐 더더욱 치명타가 되었겠지.

"돌아가면서 자기소개를 해볼까요?"

나는 돌아가며 뭔가 하는 것을 별로 좋아하지 않는다. 오죽하면 수건돌리기를 최악의 놀이로 생각하는 어린이였을까.

"저는 김○○이구요, 나이는 스물넷입니다. 전공은……."

순간, 몸이 굳었다.

자기소개에 나이를 밝히는 사항이 법적으로 보장돼 있었던가!

　그래, 아직 첫 친구니까. 뭐, 나이가 대수라고. 쟤만 밝히는 거겠지. 재밌네, 자기 나이도 말해주고.

　아아, 첫 끝발이 개끝발이고, 첫 스타트가 어떠냐에 따라 결승선 예측이 가능하다고 그 누가 떠들었으랴. 줄줄이 사탕처럼, 도미노 쓰러지듯 모두들 자기 나이를 밝히기 시작했다. 하나같이 이십 대였다. 당시 나는 어디 가서 늙었다고 생색낸 적 없이 살던 삼십 대 초반이었고. 고작 내 나이 서른하나에 이토록 지독한 패배감을 맞볼 것이라고 상상도 못했다. 그러나 내 인생에 후진은 없다!

　"이송현입니다. 나이까지 밝히게 될 줄은 몰랐습니다. ○○학번입니다."

　교묘한 삼십 대는 나이 대신 학번을 말했다.

　"저는 텔레비전을 많이 보는 편이 아니라서 드라마 대사나 작품을 줄줄이 꿰고 있지 못합니다. 어쩌고, 저쩌고……."

　여기까지 말하고 나서는 속으로 '으이구, 인간아. 자랑이다, 시트콤 쓰겠다고 온 자리에서 텔레비전을 많이 안 본다고 자백을 하냐?'고 스스로를 타박했다.

　온화하게 웃고 있던 감독님과 그 옆에 새우처럼 굽은 등을 한 메인 작가분이 무표정으로 변했다. 그 순간, 나의 시트콤 인생은 시작도 전에 박살났구나 싶었다. 훗날 나는 이날을 스스로 쪽박 찬 날로 기억하리!

　그러나 인생 역전은 지나가는 말 한마디에서 반전의 기회를 내게 제공했다. 집으로 돌아가기 전, 감독님은 요즘 어떻게들 지내고 있는지 말해보라고 했다. 면접 내내 진땀을 흘리는 늙은 나를 애써 위로하려는 돌발 질문 같았다(감독님은 살면서 내가 꼽은 베스트 탑5에 선택된 사람이다). 몇몇이 뭐라 뭐라 떠들었다. 나는 내 코가 석 자라 남의 대답이 귀에 들어오지 않았다. 이제야 밝히지만, 인터뷰 사흘 전에 아마추어 수구<sup>水球</sup> 경기에 나갔다가 악착같은 상대팀 남자 선수에게(태어나서 그렇게 끈질긴 남자는 처음이었다!) 겨드랑이를 쥐어뜯기는 사고로 당시 나는 말 못할 고통을 겪고 있었다. 한여름에 마 소재의 정장 자켓을 입은 나를 보고 감독님은 '오, 면접이라고 37도 날씨에 자켓도 갖춰 입고…… 나이를 똥구멍으로 먹은 건 아닌 게로군' 했을지도 모르겠다. 실상은 질문의 대답을 연거푸 헛발질하면서 겨드랑이에 땀이 흥건했고, 그 덕에 손톱으로 뜯긴 연약한 내 겨드랑이는 자켓 안에서 신음하고 있었다.

그날 겨드랑이가 내게 건넨 말은 이쯤 되겠다.


야, 시트콤이고 나발이고 내가 죽겠다. 살점이
떨어져나간 마당에 넌 남의 웃음을 책임질 수 있는
게냐? 네 겨드랑이가 피눈물을 아니, 피고름을
흘리고 있는 이 시국에!

"이송현 씨는 어디 불편한가?"

딴생각하다 들킨 자들의 최후가 그렇듯, 너무 정직한 대답을 꺼내고 말았다.

"네, 며칠 전 취미로 수구를 하다가 모르는 남자한테 겨드랑이를 뜯겨서 제가 몹시…… 그러니까 지금 상황이 좀 어렵습니다."

그들이 왜 웃었는지 모르겠다. 지금도 간혹 왜 그렇게 감독님과 메인 작가분이 눈물을 흘렸는지 당최 이해할 수가 없다. 다만 '아…… 내가 드디어 저들을 크게 울리고 웃겼구나' 하는 성취감과 그 어려운 상황 속에서 가슴에 피어나는 희망을 보았다고나 할까.

여의도에서 집으로 돌아오는 발걸음이 가벼웠다. 감독님에게서 같이 일하자고 전화가 오든 오지 않든, 어쨌든 나는 누군가를 웃겼다. 무엇보다 이 면접의 핵심은 어떻게든 누군가를 웃겨야 하는 것이 아니겠는가.

그리고 2009년부터 2010년 초까지 시트콤 <지붕 뚫고 하이킥>의 구성작가로 합류했다. 회의가 늦어지면 광화문 광역버스 정류장까지 데려다주는 자상한 감독님과 재능 많고 유쾌한 선배 작가들과 일할 수 있는 기쁨을 누렸다.

혼자 작업을 할 때와는 달리 팀워크를 중시하는 터라 민폐를 끼쳐서는 안 된다는 중압감에 시달릴 때도 있었다. 그래도 함께 뭔가를 이뤄나간다는 성취감이 무엇인지 느낄 수 있었다. 출근길에 뺑소니를 잡았을 때는 그 기쁨도 함께해줬다. 기진맥진하여 작업실에 들어섰을 때 "와아, 이작가!" 하며 박수를 쳐주던 감독님과 작가 선배들(설명하자면 길지만, 여의도 출근길 병목 구간에서 내 차 오른쪽 사이드미러를 박살내고 도망간 1.5톤 트럭을 나는 삼십여 분간의 추적 끝에 잡아 세웠다. 한 손으로 운전하고, 한 손으로 경찰에 전화하며 질주를 했더랬다. 위험해서 차량번호만 확인하고 추격은 멈추려고 했으나 트럭 번호판이 보이지 않았던 탓이다. 이쯤 해서 우리 독자분들은 세차의 중요성을 인식하길 바란다).

어쨌든 우리는…… 가족이었다.

"네 겨드랑이 그렇게 만든 사람, 기억하니?"

어느 날, 내게 떨어진 질문 앞에서 나는 반성했다. 비록 아마추어들이 재미 삼아 한 경기였지만, 날 이 자리에 데려다놓은 상대팀 선수의 이름도, 성도, 얼굴도 까맣게 잊다니!

내 인생을 시트콤의 세계로 슬쩍 옮겨준 그 남정네. 지금 만난다면 '결혼합시다!' 할 만큼 고마운 은인인데…….

아깝다.

여러분의 사회적 지위는 안녕하십니까?

1. 콧노래가 문제였어.

그런 적이 있었다. 인생이 시트콤이었으면 좋겠다고. 그럼 인생이 한 편의 드라마도 아니고 왜 하필 시트콤이냐는 지인들의 말에 나는 이렇게 대답했다.

"웃기잖아. 그런데 그냥 웃기지 않고, 웃고는 있는데 가만히 생각해보면 슬플 수도 있고, 짠한 감동도 있고."

그랬다. 나는 '웃픈' 이야기에 열광하는 인간이었다. 시트콤 구성작가로 쌓인 경력 때문이기도 할 테지만 확실히 나는 동화고 청소년소설이고 웃픈 이야기가 좋았다. 그러다가 2013년 여름, 나는 잊을 수 없는 '웃픈 강연회'의 주인공이 되었다. 시트콤을 쓸 당시에 이 '웃픈 강연회'의 주인공이 되었더라면 어느 한 에피소드로 사용할 수 있었겠지만 아쉽게도 너무 늦었다.

아까운 지면에 이런 이야기를 남겨도 되는 걸까?

개인적으로는 아주 중대한 사건이지만, 한편으로는 다른 좋은 작가들에게 누가 되는 어처구니없는 사건일 수도 있다는 생각이 들어서이다.

아동·청소년문학 작가를 업으로 삼으면서 대상 독자(그러니까 어린이와 청소년)를 만난다는 것은 나에게 큰 행운이자 설렘으로 다가왔다. 특히 중·고등학교 강연을 갈 때면 적잖이 흥분을 하기도 했다. 머릿속으로 십 대 친구들을 그려보는 것과 학교에 가서 실제로 만나 이야기를 나누는 것은 천지차이였다. 가서 만나보면 꼭 재미있고 엉뚱한 친구들이 하나둘 튀어나오고, 대체로 '오오냐, 너를 기다리고 있었다!'라는 자세로 날 바라보기 때문이다.

2013년 여름도 마찬가지였다. 우리 집과 가까운 고등학교여서 더욱 반가웠다. 마치 동네 친구들을 만나는 기분이랄까? 가는 내내 콧노래를 흥얼거릴

정도로. 이상했다. 그만하려 해도 콧노래가 저절로 흘러나왔다. 누가 보면 콧구멍 속에 멜로디 앱이라도 심어놓았나 싶을 정도였다.

S학교 역시 여느 학교와 다를 바 없었다. 사서 선생님은 젊고 상냥했으며 강연 시작 전부터 이런저런 이야기를 하느라 시간 가는 줄 몰랐다. 강연을 듣는 아이들의 호기심 어린 태도도 나를 사로잡았다. 유난히 기분 좋은 강연이었다. 강연을 마치고 이어지는 아이들의 질문도 진지하고 흥미로웠다. 한 친구는 내 책 제목에 맞춰서 자신의 청춘을 시속 370킬로미터 이상의 속도로 응원해달라는 부탁까지 했다.

녀석, 센스쟁인데?

나름 흐뭇해하며 아이들의 인생을 향해 나는 무사고, 무한질주를 빌어주었다. 그러나 강연 이후 내 삶은 유사고, 무한폭주로 전락하고 말았다.

## 2. 유사고, 무한폭주의 실체

누군가 그랬다. 작가들에게는 냉철한 개인비서가 있어야 한다고.

무슨 소린가 했는데 세상은 문학을 하는 작가에게 청빈한 선비 프레임을 씌워 돈에 관련된 문제를 언급하는 것에 지극히 제한적이고 부정적인 시선을 보낸다는 것이었다. 세간의 사정이 그렇다 보니 적극적으로 이해관계에 나선다는 것은 작가들에게 여간 껄끄러운 일이 아닐 수 없다(물론 예외적인 분들도 있다).

문제의 S학교 초청 강연이 끝난 뒤, 한 달하고도 열흘이 지났을까? 우연히 은행에 들러 통장정리를 하다가 알 수 없는 숫자에 시선이 꽂혔다. 이리저리 머리를 굴려도 내가 유추해낼 수 없는 숫자였다.

12만 x천 x백 원.

은행 에어컨 앞에 앉아 곰곰이 생각을 했다. S학교였다. 통장정리 앞에서는 한없이 게으른 나였지만, 그럼에도 개인비서가 필요 없는 작가가 나인 듯도 했다. 바로 학교에 전화를 걸었지만 부재중으로 넘어갔다. 하는 수 없이 사서 선생님에게 문자를 남겼다.

○○○ 선생님께,
안녕하세요, 작가 이송현입니다.
한 달 전, 여러 선생님과 학생들 덕분에 즐거운 작가 강연을 할 수 있었네요. 그런데 확인해보니 강연료에 착오가 생긴 듯합니다. 선생님 편한 시간을 알려주시면 통화하고 싶네요.
그럼 부탁드리겠습니다.
수고하십시오.

사흘이 지나고, 사서 선생님에게서 전화가 왔다.
"작가님, 사실은 강연비가 변경되었어요. 그날 강

연 오셨을 때, 아침에 알았는데……."

"그날 알았다구요? 그럼 왜 그날 말씀해주지 않았나요?"

사람에게는 누구나 저마다의 사정이란 것이 있다. 안다, 나도 그런 것쯤은 잘 알고 있다. 하지만 내가 이상한 사람일까? 그날 알았다면 '죄송해요, 학교 사정이 이러저러해서 변경되었습니다. 양해 부탁드릴게요' 하고 끝날 일이 아니었을까? 이렇게 말했다면 내가 '어흥! 어림도 없다!' 할 스타일로 보였나? 아니면 '강연비가 모자라니, 모자란 강연비만큼 아이들이 들은 내 이야기를 귓구멍에서 빼서 돌아가겠소이다!' 하게 생겼나?

내가 분노한 것은 모자란 강연비 차액이 아니었다. 더 받는다고 강남 한복판에 빌딩을 세울 것도 아니요, 갑자기 벼락부자가 되는 것도 아니었으니까. 문제는 그들의 행동이었다. 내가 통장을 정리하지 않았다면, 정리를 하고도 어떻게 된 일이냐고 연락을 하지 않았다면, 그야말로 은근슬쩍 넘어갔을 것이 아닌가! 나는 세상에서 '구렁이 담 넘어가듯'이란 표현을 질색하는 인간이기도 했다.

언젠가 착하고 상냥한 모 작가가 나에게 한 말이 떠올랐다.

언니, 전 강연할 때 돈 얘기 하기가 제일 어려워요.
안 주면 말죠. 제가 어쩌겠어요?

어쩌긴, 똑바로 말해야지! 그리고 지금 이 순간, 그 모 작가의 마음까지 더해 단전에 힘을 잔뜩 주고 입을 뗐다.

"여보세요? 작가이기 전에 저 역시 생활을 해야 하는 생활인이자 노동을 하는 노동자입니다"라고.

## 3. 어디서 전화벨이 울리고, 나의 뚜껑도 열리고

늦은 시각 전화벨이 울렸다. 슬쩍 휴대전화 화면에 뜬 번호를 보았다. 영 모르는 번호였다. 호기심에 받아보니 S학교였다. 사서 선생님은 아니었고 직급이 있는 선생님이었다.

한밤의 적막을 깨고 선생님은 나에게 무서운 질문을 했다.

"작가님, 작가님은 청소년들을 사랑하지 않으시나요?"

불길한 멘트였다. 청소년을 사랑하는 것과 이 사건의 연결고리를 찾지 못한 내 두뇌를 원망해야 하는 시간이 온 것이다.

"제가 그 돈을 요구한 것도 아니고, 학교 측에서 강연을 잡으면서 제시한 강연료인 데다 사전에 양해도 없이 3분의 1도 안 되는 금액을 넣어두고는 이런저런 설명도 없었는데, 그건 사과 안 하시고 무슨 질문인가요?"

솔직히 행정 측의 실수가 있었다, 죄송하다는 말이면 끝날 일이었다. 그러면 나는 쓸쓸하지만 웃는 얼굴로 '다음에 다른 작가가 오면, 그땐 이러시면 안 됩니다. 부탁드릴게요' 하면서 서로 쿨하게 정리될 일이었다. 하지만 상황은 걷잡을 수 없이 흘러가 괴상한 시트콤 하나를 쓰게 만들었다.

"선생님은 그럼 청소년들을 사랑하셔서 월급을 안 받고 수업하시나요?"

적어도 이런 싸구려 대사는 치지 말았어야 했는데……. 이건 지금도 반성하고 있다.

대화는 요상한 방향으로 질주하기 시작했다. 어쩌면 그 선생님도 수화기를 붙잡고 '어, 내가 왜 이러지? 입이 멋대로 움직이네' 했을지도 모르겠다.

"작가님, 우리 학교는 초청 강연회 강연료를 지급할 때 말입니다, 강연자의 학력과 사회적 위치를 판단해서 드립니다."

요즘 애들 표현으로 '헐!'이었다. 심장이 덜컥했다. 그동안 잊고 살았던 나의 학력과 사회적 위치를 재빨리 가늠해보았다. 국가대표를 능가하는 운동신경이 두뇌로 몰리는 순간이었다.

"전 박사 학위 소지자인데요."

"아…… 그러시구나. 행정실에서는 강연자의 사회적 위치를 중요하게 봅니다."

"사회적 위치요?"

대꾸하지 '말자, 말자' 하면서도 어느새 나는 '하자, 하자' 했다. 여기서 쓰러질 수는 없었다.

"사회적 위치는 어떻게 보는데요? 신문 일 면에 실렸으면 된 거 아닌가요?"

마지막 말은 하지 말았어야 했다. 지금 생각해도 이토록 추잡스럽고 슬픈 대사는 그 어느 시트콤에도, 드라마나 소설, 동화에도 없을 것이다. 더군다나 신춘문예 당선이 아니었더라면 신문 일 면에 얼굴이 실릴 이유가 없었던 나였다. 강연료 차액을 받기 위해 신문 일 면에 실리겠다고 희대의 악당이 될 수는 없는 노릇이 아니던가!

"선생님, 도대체 저의 학력과 사회적 위치를 판단하는 분은 어떤 분이죠?"

나의 분노 섞인 외침이자 진심으로 궁금한 내용이기도 했다.

차라리 전화를 받지 말 것을⋯⋯.

더 이상 얘기하고 싶지 않다는 말을 끝으로 전화를 끊었다. 내 머리 뚜껑이 활짝 열렸음은 말할 것도 없었다.

그토록 진지한 인간형도 아니면서 그날 밤, 나는 이 시대와 작가의 사회적 위치에 대해 고민했다. 그러자 잊고 있었던 강연들이 떠올랐다.

학생들 모두가 기다린다며 지하철역까지 마중을 나왔던 선생님, 심지어 이 J학교는 지하철역에서 십 분 거리에 있었다. 강연이 끝나고 아이들이 힘내라며 손 편지를 건네줬던 P학교, 작가가 되고 싶다던 아이들이 시외버스 터미널까지 배웅을 해줬던 C학교……. 좋은 기억이었다. 하지만 '어이, 무슨 작가가 이렇게 젊어? 사인북 좀 줘봐요. 없어? 에이, 작가가 준비성이 없구먼' 했던 A학교가 기억의 끝자락에 걸렸다.

세상은 넓고 이런저런 좋은 일과 나쁜 일이 있을 수 있다. 하지만 실수를 하면 빨리 사과를 하고 사과를 받아들이고, 사정이 있으면 서로 이해를 하고 감사하는 자세가 있어야 하지 않을까?

작가는, 특히 학교 초청 강연회 자리에 서는 작가는 아이들과 소통하기 위해, 그 아이들의 웃음을 보기 위해, 즐거운 마음으로 기꺼이 나선다. 학교에서 기획하는 행사의 일환으로 동원되는 소모품이 아니란 뜻이다. 유쾌한 행사 도우미는 되고 싶지만 강연회란 행사가 끝나고 아무렇게나 취급받고 싶지는 않다. 지나친 나의 확대 해석일지도 모르지만. 그럼에도 통장에 찍힌 부족한 강연료와 그에 대해 작가가 직접 전화를 걸어야 하는 이 상황을 나는 어떻게 이해해야 할까?

나는 묻고 싶었다. 나와 같은 이 길을 걷는 사람들에게…….

"여러분의 사회적 위치는 안녕하십니까?"

### 4. 죽지 않았으니 강연은 계속된다.

출판사의 담당자와 나는 결론을 내렸다. 강연료는 필요 없다. 대신 제대로 된 사과를 받도록 하자.

더 이상 전화통화를 하지 않겠다는 내 말을 끝으로 나는 일상으로 돌아갔다. 하지만 누가 그랬던가? 끝날 때까지 끝난 게 아니라고. 이 이상한 사건 역시 끝날 때까지 끝난 게 아니었다.

그해 7월 10일, 나는 교통사고를 당했다. 결과는…… 나는 죽지 않았고, 차는 폐차시켰다.

경찰서에서 교통사고 경위서인지, 조사서인지를

쓰고 있을 때였다. 이미 내 영혼은 눈앞의 종이 쪼가리에 몽땅 스며들고 있었다. 다리고, 손이고, 멍이 시퍼렇게 들었는데도 불구하고 기승전결을 구상하며 차곡차곡 사건을 기록해나갔다. 조서를 쓰는 내내 전화벨이 끊이지 않자, 담당 형사가 전화부터 받으라고 했다.

"여보세요? 제가 전화를 받을 상황이……."

곧이어 들린 목소리는 S학교의 그 선생님이였다. 꿈에서도 잊고 싶은 목소리.

"작가님, 하나만 선택해주시면 안 될까요? 차액을 드릴 테니 교장선생님 사과 편지는 없던 걸로요."

선생님은 빅딜의 달인이었다. 나 스스로를 포기하게 만들었으니까.

"그리고 작가님, 제가 분명히 말씀드리지만 저희 학교는 가난한 학교가 아닙니다!"

나는 전화를 끊었다. 나는 살아 있고, 비록 온몸이 멍투성이지만 "그만합시다"라고 말할 수 있는 입은 건재했다. '그래요, 학교가 가난하지 않다면 증명해 봐요, 그럼 되잖아요'란 말을 참은 대단한 인내심을 가진 입이기도 했다. 난 내 입이 조금 기특했다.

집으로 돌아오는 길, 가슴에 구멍이 뻥 뚫린 기분이 들었다. 어쨌거나 학생들을 생각해서 그깟 약속된 강연료를 소리 소문 없이 건너뛰어 넘긴다 해도 나는 작가니까 대인배처럼 허허 웃으며 넘겼어야 했는가? 행정상 변경 사실을 나에게 미리 양해받지 않았다고, 이러면 곤란하다고 쓴소리를 하지 말았어야 했나? 나의 학벌과 사회적 위치를 돈으로 환산하고 가늠하겠다는 사람들에게 그래도 나는 동화를 쓰고 청소년소설을 쓰는 작가니까 사랑의 마음으로 다 감싸안아야 했나? 글을 써서 먹고살아야 하는 생활인이자 노동자임을 버리고서 말이다.

차를 폐차시키는데 엉망이 된 차를 가지러 온 아저씨가 나에게 말했다.

"아이쿠야…… 이 차 운전자, 괜찮아요? 차가 이

정도니 죽지 않았으면 다행인데……."

나는 냉큼 대답했다.

"저예요."

죽지 않았으니 다행이다. 그래서 이 웃픈 이야기
도 쓸 수 있었다.


여전히 십 대 아이들이 재밌고 좋다. 그렇다고 그
애들을 사랑하는가? 아니다. 생면부지 처음 보는 아
이들을 어떻게 바로 사랑하나? 서로 이야기를 나누
고, 인연이 닿아 친구가 되고, 서로를 알아야 사랑도
쌓이는 법. 나는 내가 아는 아이들을 사랑한다.

그 뒤로도 강연은 계속 이어졌다. 여전히 나는 통
장정리를 드문드문 한다. 나의 학력과 사회적 위치
를 묻는 곳은…… 다행히도 아직은 나타나지 않았
다. 그리고 다시 나타난다면 조용히 말해줄 것이다.

"시트콤 찍고 싶어요?"

# 내 인생의 플러스 알파

내 방 책장에는 수많은 책이 가지런히 꽂혀 있다. 그 어느 것 하나 소중하지 않은 책이 없으나 특별히 내가 아끼는 시집이 하나 있다. 시집의 첫 장에는 '2000년 6월 17일'이란 날짜와 함께 이런 글귀가 적혀 있다.

감동으로 가슴이 하루 종일 울렁였던 날.

벌써 십이 년 전이다. 작가가 되겠다고 주위를 둘러볼 여유가 없던 젊은 날이었다. 주위의 친구들은 모두 졸업을 하고, 취직을 하고, 사회에서 제자리를 찾으며, 적금통장을 불려나갔다. 반면에 나는 낮밤이 바뀌어 원고지를 부둥켜안고 있었다. 언제나 즐거웠던 나의 글쓰기가 2000년 그해에는 유난히 힘겨웠다. 작가의 꿈을 이룬다는 것이 어쩌면 로또 맞는 것과 같을지도 모른다는 불안감, 내 운명을 손에 쥐고 도박을 하고 있는 것은 아닌가 하는 두려움.

머릿속이 뒤죽박죽하고, 혼란스러운 나의 인생에 갈팡질팡했던 탓인지 뜬눈으로 밤을 새다가 새벽녘에 잠깐 잠이 들었다. 그리고 잠에서 깨어났을 때, 내 책상 위에서 만 원짜리 지폐 두 장과 쪽지 하나를 발견했다.

누나, 많이 못 줘서 미안.
이것 갖고 책 사서 읽어.
　　　　　　—D.K—

내 인생의 플러스 알파, 하나밖에 없는 네 살 터울의 남동생이 남긴 것이었다. 나에게 재주넘기를 선보이다가 책장 유리를 깨던 D.K. 달리기가 엄청 빠르다는 나의 속임수에 넘어가 늘 과자 사오기 심부름을 도맡아 하던 D.K. 나의 외로운 런던 생활에 활력을 주기 위해 매달 시디에 한국 가요를 구워서 보내주던 D.K.

내게 가장 암울했던 2000년 슬럼프 기간에도 나를 일으켜 세운 것은 남동생이 아르바이트비로 받았을 만 원짜리 지폐와 나의 꿈을 응원해주는 작은 쪽지였다. 그 길로 나는 서점으로 달려가 김규동 시인의 시집 『깨끗한 희망』을 샀다. 남동생이 나에게 준 것은 다시 내 꿈을 향해 나아갈 수 있다는 희망과 아무리 긴 세월이 흘러도 결국엔 도달할 수 있다는 내 꿈에 대한 확신과 용기였다.

십여 년의 습작 생활 끝에 나는 등단을 했고, 내 동생은 나의 시상식에 참석하지 않았다. 아르바이트 스케줄 때문은 아니었다. 이번에는 자기 꿈을 위해 집을 떠나 호주에 가 있던 까닭이다.

"야, 누나의 평생 꿈이 이뤄진 순간에 불참하면 어떡하냐?"

내 말에 동생은 쿨하게 대꾸했다.

"상, 이번 한 번만 받을 거야? 다음에 내가 갈 수

있게 열심히 써서 또 문학상 받도록!"

　굉장히 다정한 어투도 아니었고 감동에 사무쳐 눈시울을 적실 만한 멘트도 아니었다. 그러나 뭐랄까, 동생의 말은 나의 다음 행보를 단단하게 만들어주는 무엇을 내포하고 있었다.

　동생의 시상식 불참이 아쉬웠던가. 나는 동생의 참석을 기대하며 첫 문학상을 수상한 이후로 매년, 그것도 내리 삼 년간 문학상을 받았다. 그렇다면 얘가 그 이후의 시상식에 참석했느냐 하면 그렇지 않다. 세 번의 시상식에 전부 불참했다. '셰프'라는 제 꿈을 위해 호주에서 안간힘을 쓰고 있던 탓이다.

　'왜 안 오냐?'는 말에 동생은 역시나 쿨하게 대답했다.

　"내가 안 가니까 계속 받는 거야. 고맙다고 해."

　다소 거만한 어투에 헛웃음만 흘렸다. 그리고 특유의 악필로 쓴 카드와 함께 세상에서 단 하나밖에 없는 손세공 가죽 다이어리와 가죽 책갈피가 호주에서 날아왔다. 그 옛날의 쪽지처럼 화려한 미사여구도, 엄청난 격려의 말조차 없었으나 '잘 써'라는 달랑 두 음절에 울컥해서 혼났다. '잘'과 '써' 사이에 녀석이 꾹꾹 눌러 담았을 격려와 응원을 나는 멋대로 크게 부풀리고 해석했다.

언젠가 시트콤 작가 오디션을 보러 가는 나에게 아주 뻔뻔한 얼굴로 한마디했던 너.

"누나, 감독님한테 자신 있게 말해. '나에게는 플러스 알파가 있습니다'라고."

도대체 얘가 무슨 소리를 하는 것일까?

멀뚱멀뚱 쳐다보자 피식 웃으며 한다는 소리가 웃겼다.

"그 플러스 알파가 뭔데?"

"나."

나에게는 천군만마보다 더 든든한 단 한 명의 남

동생이 있다. 내가 내 꿈을 이뤘듯이 자신의 꿈도 멋지게 이뤄낸 내 동생. 언젠가 우리 둘의 아이디어를 모아 엮일 누구나 배부르고 배꼽 빠질 음식 에세이를 그려본다.

'내 인생의 플러스 알파,

그것은 오, 마이 브라더!'

지금, 당신의 청춘은 시속 몇 Km인가요?

가끔 생각한다. 내가 작가라는 직업군에 어울리는 사람인지에 대해.

이런 고민을 할 시간에 책 한 권을 더 읽고, 한 문장이라도 더 쓰는 게 경제적으로나 정신적으로 더 이로울 것이다. 그러나 나는 작가가 된 이후, 내 글에 대해 생각하는 시간이 좀 더 늘어났다. 습작기에는 내가 쓴 글을 읽으면서 '오오, 완전 재밌는데!'라고 스스로 감탄하며 자존감을 하늘 꼭대기까지 올려놓는 데에 부끄러움이 없었다. 한데 어찌된 노릇인지 작가가 되고 한 해, 두 해, 시간이 지날수록 내가 쓴 글에 늘 고민하고 괴로워하기에 이르렀다. 고민의 내용도 항상 동일하다.

내 글은 과연 재밌는가?

나는 재밌는 글이 좋은 글이라고 믿는 사람이다. 까르르 소리 내어 웃으며 제 배꼽의 행방을 찾는 유머도 재미이고, '울지 않겠어' 다짐을 해보지만 나도 모르게 주책맞은 눈물이 후두둑 떨어지는 것도 재미겠다. 책을 읽는 이의 취향에 따라 재미는 다양하다. 어떤 모양새의 재미이든 나는 읽는 이를 재밌게 해주는 이야기꾼이고 싶다. 누군가는 이런 내게 혀를 끌끌 찰지도 모르겠다. '작가라면 모름지기 자기 철학과 의식이 있어야지 무조건 재미만 따라서 되겠어?'라면서.

되겠다. 어쨌거나 내 글의 목적은 '다 함께 재밌자!'이다. 그러나 작품을 쓰게 된 동기를 살펴보면 하나같이 재밌지만은 않다. 그중에 정말 엉뚱한 이유에서 시작된 작품이 하나 있다. 그야말로 분노가 나를 일으켰다고 증명하는 작품, 청소년소설『내 청춘, 시속 370km』이다.


나는 애국심이 대단한 사람은 아니다. 냉정하게 따져보면 나의 애국심은 올림픽, 월드컵 같은 국제

스포츠 경기에서 무조건 대한민국이 이겨야 한다는 강박관념을 갖고 악을 쓰며 응원하는 수준. 우리의 국방력이 세계 최상급이라고 확신하며 다음 생에는 여군이 될까 고민하는 정도. 해외여행을 다니다가 그 지역 사람이랑 말이라도 트게 되면 무조건 대한민국이 최고라며 여유 있게 웃어주는 수준이랄까. 이런 내가 영국 유학 시절, 친구들이랑 모여서 BBC 다큐멘터리 예고편을 보게 되었다. 무엇보다 '세계의 전통 매사냥'이란 주제에 꽤나 흥미가 있었다. 당시 무조건 자신의 나라야말로 세계 강국이라며 잘난척하는 러시아 남자애가 하나 있었는데 아니나 다를까, 녀석이 또 매사냥은 러시아라고 설레발을 떨어대며 수선을 피웠다.

오오냐, 너 이번엔 된통 망신 좀 당해봐라.

다른 건 몰라도 이놈은 이겨야 했다. 놈은 며칠

전, 삼성이 일본 거라고 우겨서 내 오장육부를 뒤집어놓은 전적도 있었다(심지어 일본인 친구가 삼성은 일본 게 아니라고 정정했는데, 일본인 친구에게 잘 모르면 가만히 있으라는 망발도 서슴지 않았다).

방송 당일, 나는 친구 무리를 집으로 초대하여 다 같이 저녁을 먹고 다큐멘터리를 보기로 했다. 저녁 메뉴는 잔치국수. 당연한 메뉴 선정이었다. 내가 그 눈엣가시 같은 녀석의 코를 눌러버리는 역사적인 날이니 잔칫날이 아니겠는가.

시내의 한인마트에서 사도 될 것을 기어이 엄마한테 국제택배로 멸치, 다시다, 표고버섯까지 공수해 받아 마치 임금님의 보약을 달이는 심정으로 정성스럽게 푸욱, 육수를 고았다. 잔치국수에는 덤으로 고기만두까지 얹어줬다. 물론 냉동고에 고기만두가 남아 있어서 고명 대신 얹어준 것은 아니다. 매사냥 하면 뭐가 떠오르는가? 당연히 꿩이 떠오르고, 꿩 하면 꿩만두가 아니겠는가. 하지만 런던에 꿩만두를

빚어줄 외조모가 계신 것이 아니니, 나는 꿩 대신 냉동 고기만두를 선택했다.

잔치국수를 먹는 동안 그야말로 우리 집은 잔칫집이었다. 처음 먹어보는 한국의 잔치국수에 친구들은 신이 났고, 특히 고기만두에 푹 빠진 친구들은 한인마트 주소를 알려달라고 난리법석이었다.

다큐멘터리가 시작되고, 세계 각국의 전통 매사냥을 소개하는 장면이 텔레비전 화면에 가득 찼다. 나는 여유롭게 텔레비전에 시선을 주면서 속으로는 조상님께 감사 인사를 올렸다.

김홍도님, 그리고 매사냥에 일조하신 조상님들!
감사합니다.

그렇다, 우리에겐 김홍도의 <호귀응렵도>가 있지 않은가! 국사 시간에 배웠던 고려의 응방이라든가, 매사냥이 고려시대에 가장 활발했으나 실은 삼국시

대부터 있었다든가 하는 기억이 내 어깨와 고개를 빳빳하게 만들었다. 그러나 유럽, 몽골, 중국, 하다못해 러시아 어느 귀퉁이에서도 매사냥이 성행했다는데 프로그램이 끝나갈 시간이 되도록 대한민국의 전통 매사냥은 구경조차 할 수 없었다.

이 프로그램의 제작 피디는 제대로 공부를 하지 않았던 것일까. 아랍에미리트는 지금도 전통 매사냥을 스포츠로 즐기고, 그 인원이 오천 명에 이르는 데다 심지어는 매 전용 호텔까지 있다고 소개할 즈음이었다.

"너네 매는 어디 있냐? 한국의 전통 매사냥이 최고라며?"

내 키가 조금만 더 컸더라면…….

아니, 내 팔이 조금만 더 길었더라면 나는 녀석의 코를 향해 주먹을 뻗을 수 있었을 텐데…….

아쉽게도 나는 녀석의 188센티미터에 아주 조금 모자란 160.2센티미터의 신장을 가진 데다가, 팔 길이는 외가 쪽의 영향으로 옷을 사면 소매를 줄여야만 하는 자였다.

그날의 패배를 평생 가슴에 안고 살 수는 없었다. 그러기에 내 가슴은 몹시도 작고 좁았으며, 내 안에는 분노가 많은 편이었다. 그래서 쓰기 시작했다. 누가 뭐래도 전통 매사냥의 성지는 대한민국, 김홍도를 기억하라! 그분이 할 일이 없어서 <호귀응엽도>를 그린 줄 아느냐! 고로 나도 할 일이 없어서 『내 청춘, 시속 370km』를 쓴 것이 아니다.

조류에 대한 관심이라고는 양념 반, 후라이드 반이 전부인 내가 전통 매사냥에 대해 파기 시작했다. 매사냥 관련 서적과 논문을 찾아보고 공부하면서 혼자 화를 냈다가, 울다가, 발버둥을 쳤다가, 밑도 끝도 없는 자부심에 웃다가……. 그야말로 사람이 이렇게도 미쳐가는구나 싶은 나날이 계속되었다.


2011년, 나의 매는 제9회 사계절문학상 대상이라

는 결과를 물고 왔다. 전서구도 아닌 나의 매가 수상 소식을 물어다준 것이다. 얘가 『흥부전』의 제비도 아닌데, 뭔가 헷갈렸을까?

수상 소식을 듣고 보름 뒤에 우리나라의 전통 매사냥이 유네스코 지정 인류무형유산에 등재되었다는 기사를 접했다. 분노와 복수심에서 시작된 이야기가 쓰는 동안에는 신나서 난리였고, 날려보내고 난 뒤에는 기쁨으로 되돌아왔다.

나의 글은 늘 그랬다. 모두가 우러러볼 만한 대단한 사상과 철학이 없어도 모두가 조곤조곤 읽고 피식 웃을 수 있는 것. 그래서 『내 청춘, 시속 370km』의 작가의 말에 이렇게 썼다.

존재하는 모든 것에는 날개가 있다. 그것이 황금 날개이든, 합성 비닐 재질이든, 강판이든 개의치 말기로 하자. 내 몸에 맞게 튼튼하고 아름답게

키우면 그뿐, 지구상에 단 하나밖에 없을 나의 날개
는 또 어떤 내일로 나를 데려갈 것인가? 기대감이
란 늘 나를 유쾌하게 만든다.


책이 출간되고 강연을 했는데 한 여고생이 내게
물었다.

"작가님, 작가님 청춘은 시속 몇 킬로예요?"

아뿔싸! 거기까지는 생각을 못 했다. 그래도 버벅
거리면 체면이 안 살기에 뻔뻔스럽게 대답했다.

"무사고, 무한질주!"

뭔가 있어 보여서 여유롭게 웃었다. 강연을 듣고
있던 고등학생들이 "오오!"라고 환호성을 질러줬다.
고등학교에서 '오오!' 하는 감탄사를 들었으면 전부
가 아니겠는가. 사실 내 청춘은…… 늘 무사고, 평균
시속, 규정속도에 맞춰져 있었지만.

무엇이든 스피디한 것에 열광하는 시대가 왔다.
그러나 타박타박 제 걸음을 걸어내는 사람들도 격려

와 응원을 받아야 하지 않을까. 앞날을 향해 오늘의 날갯짓을 멈추지 않는 것! 그것이 나와 내 이야기를 읽는 사람들의 몫이 될 것이다. 그리고 조금은 고집스럽게, 나는 내 이야기를 읽는 사람들의 날갯짓에 펌프질을 가열차게 해대는 사람으로 남겠다.

° 『내 청춘, 시속 370km』 이송현 글, 사계절, 2011

내 청춘은 늘

무사고, 평균시속, 규정속도에

맞춰져 있었지만…….

내 이름은 10송현

오늘은 영업 비밀에 대해 떠들어볼까 한다.

작가란 직업이 뭔가 거창하거나 대단하다고 생각하지는 않지만 아무래도 주변에서 흔히 볼 수 있는 직업군은 아니기에 나는 종종 호기심의 대상이 되기도 한다. 특히 친구들의 어린 자녀들에게 나는 직업 체험 탐방기의 주인공으로 선정되기도 하는데, 이것이 어린이 친구들의 니즈를 충족시키고 싶은 마음과 나의 진실성 혹은 진정성 사이에서 고뇌하게 한다.

몇 년 전 여름, 나는 국립 어린이청소년 도서관에서 초등학생 어린이 친구를 만났다. 고등학교 동창의 아들이었는데 학교 과제로 나를 취재하고 싶다고 했다. 분명 취재하고 싶다고 해놓고선 나에게 질문하기보다 수줍어서 몸을 배배 꼬다가 도서관 식당에서 점심만 맛있게 먹은 기억이 난다. 그리고 소시지 볶음을 먹다가 이 친구가 나에게 했던 질문 앞에 나는 잠시 당황했다.

"작가 이모, 이모는 원래부터 세상에서 책이 제일

좋았어요?"

잠시 고민을 했다. 이 친구의 과제에 적합한 답변을 해줄 것인가, 학교에 가서 곤란해할 나의 진정성을 밝힐 것인가.

"음, 여러 가지를 좋아했지. 책도 이모가 좋아하는 것 중의 하나였어."

우리 어린이 친구는 밥을 먹다 말고 주머니에서 꼬깃하게 접은 종이를 펼쳤다. 보아하니 질문지 같았다. 내 눈치를 슬쩍 보더니 연필로 뭔가를 적었다. 분명 답은 제법 길었는데 어째 느낌이 몇 자 안 적은 듯했다.

직업병인가?

어린 친구의 과제 분량이 슬슬 걱정되는 순간이었다. 곁눈질을 하니 종이 귀퉁이에 '책 원래 좋음'이라고 당당히 적어 놓았다.

그러나 어린이 친구야, 세상에 원래부터 책을 좋아하는 인간이 몇이나 되겠니? 너도 조금만 커보면 알 거야. 사실 이모가 요즘 세상에서 가장 좋아하는 건 '박보검'이란다. 앞으로 이모를 '이보검'이라고 불러주련?

"작가 이모, 또 물어볼게요. 이모 동화책에는 글자가 엄청 많은데 그 많은 거를 어떻게 다 쓰는 거예요?"

이제는 우리 어린이 친구에게 작가란 직업에 약간의 환상을 부여해도 좋지 않을까 싶다. 그래서 나는 눈앞의 어린 친구를 위해 조금 과감한 인간이 되기로 결심했다.

"이건 비밀인데…… 이모는 책상에 엉덩이만 딱! 붙이고 앉으면 저절로 생각이 줄줄 나. 비엔나소시지처럼 이야기가 쭈욱 딸려오는 거지."

어림 반 푼어치도 없는 소리다. 이야기가 무슨 고구마 줄기도 아니고, 뭘 어쩐다고 줄줄이 딸려 나온단 말인가! 사실 앉아만 있어도 쓸 이야깃거리가 꼬리에 꼬리를 물고 나타나는 것은 나의 바람일 뿐이다. 어린이는 내 대답에 살짝 감동한 눈치였다. 이쯤 되면 이 글을 읽는 분들은 어린이를 속였다는 사실에 살짝 얼굴을 붉히거나 할지도 모르겠다. 그러나 나는 한결같은 사람인지라 얼굴색의 변함이 조금도 없었다.

어린이 또한 '내 눈앞의 이모란 여자는 주말농장에서 고구마를 캐는 것보다 글 쓰는 걸 더 쉽게 아는 사람이구나' 하는 경이로운 눈빛을 내게 보냈다.

"이모, 마지막 질문인데요."

마지막이란 말에 나는 무슨 질문이든 이 어린이의 과제에 화룡점정이 될 답변을 안겨주리라 다짐까지 하게 되었다.

"작가 이모는 1학년이 되기 훨씬 전부터 한글을 다 알았죠?"

엥?

"나는 일곱 살 때 한글을 읽을 줄 알았어요, 이모. 근데 우리 형은 다섯 살 때 다 읽었대요."

눈앞의 어린이는 디스 기술의 고단수이거나 아니면 반나절 만에 나에 대해 환상을 품게 되었는지도 모르겠다. 도대체 이 집안 아이들은 뭐하러 입학도 하기 전에 한글 마스터가 된단 말인가!

나는 어린이 친구 식판에 비엔나소시지 볶음을 하나 놔주면서 말했다.

"대단한데? 1학년이 되기 전에 한글을, 그러니까 받침 글자까지 몽땅 다 읽었단 거지?"

"네! 이모도 나처럼 그런 거죠?"

지금 이 글을 보는 내 친구들, 특히 자녀 교육을 상의하던 친구들은 배신감을 느낄지도 모르겠지만 나는 한글을 모르던 1학년 어린이였다. 완전히 모르는 건 아니고 이름 석 자 겨우 깨치고 초등학교에 입학했다. 그러니까 달랑 이름 석 자 '10송현'이라고 쓸 정도만.

이러한 나의 과거사는 『내 이름은 십민준』이란 동화로 탄생했다. 가능하면 작품 안에 내 이야기를 담지 않으려는 것이 나의 철칙이었으나 『내 이름은 십민준』은 그날 도서관에서 만난 어린 친구에게 해주는 때늦은 나의 진짜 답변일 수 있겠다.

초등학교 1학년 입학 전에 엄마는 분명 내게 한글을 가르쳤다. 순순히 잘 따라 하는 아이였으면 좋았으련만, 그 당시 나는 꽤나 묘한 고집을 가진 어린이였다.

"이렇게 쓰는 거야. 해봐."

엄마가 상냥하게 알려주면 "아니야, 그거!"라고 꽥꽥대면서 내 멋대로 글자를 그려냈던 모양이다. 상냥하던 엄마의 목소리 톤이 높아진 것은 당연한 수순이었고. 결국엔 '네 멋대로 해!'가 엄마의 단골 멘트였다고, 엄마는 수십 년의 세월이 흐른 뒤 내게 그날의 분통을 터트렸다.

초등학교 입학식 날, 나는 1학년 3반 어린이가 되었고, 파마머리를 한 담임선생님이 생겼다. 담임선생님은 동그란 눈을 하고는 반 친구들에게 종이를 한 장씩 나눠주었다.

"우리 다 같이 자기 이름을 한번 적어볼까요?"

누군가 물었다.

"선생님, 왜요?"

쓰라면 쓸 것이지, 뭘 물어보나.

그러나 선생님은 웃으면서 대답해주었다.

"우리 1학년 3반 친구들이 얼마나 한글을 잘 쓰는지 선생님이 알고 싶어서."

밑도 끝도 없이 의욕이 넘치는 건 여덟 살 때부터 시작되었나 보다. 나는 연필을 움켜쥐고 혼신을 다해 종이를 한번 노려본 후 이름을 적기 시작했다.

어어, 이럴 리가 없는데……. 이래서는 안 되는데……. 이럴 수가 없는데…….


이송현?

10송현?

그 찰나의 순간, 나는 번뇌에 빠졌다.

왜 아버지는 이 씨 성을 가져야만 했는가?

엄마는 왜 하고 많은 박 씨, 김 씨를 놔두고 이 씨와 결혼을 했을까?

분명 어제저녁까지만 해도 나는 내 이름 석 자를 똑똑히 쓸 줄 아는 어린이였다. 달랑 하룻밤이 지났을 뿐인데, 내 어린 뇌에 무슨 불상사가 생겨서 '이'와 '10' 사이에서 헤맨단 말인가!

얼마나 한글을 잘 쓰는지 알고 싶다는 내 인생 첫 담임선생님한테 이름도 못 쓰는 아이로 기억되고 싶지 않았다. 책상 앞에 가만히 앉아 있는데도 심장이 펄떡펄떡 뛰고, 숨이 차는 것만 같았다. 기필코 이름 석 자를 적어야만 했다.

그래, 자연스럽게.

"넌 이름이 뭐야?"

그렇다, 나는 영악한 아이였다. 내 짝꿍이 자기 종이를 내 앞에 쓱 밀어줬다.

박은설.

아, 넌 아니다.

비슷하게 따라 쓸 수도 없는 박 씨!

뒤를 돌아보며 뒷자리 애들은 어떤 성을 가졌는지 알고 싶었지만 내 자존심이 허락지 않았다.

"박은설, 우리 뒤에 앉은 애들은 이름이 뭘까? 넌 안 궁금해?"

오오, 지금 생각해도 나는 뭐랄까…… 손 안 대고 코 푸는 방법을 스스로 터득한 아이라고나 할까.

은설이는 나 대신 뒤를 돌아보고 뒷자리에 앉은 아이들의 이름을 알려주었다.

"쟤네 짝꿍인데 똑같이 둘 다 김 씨래. 김○○, 김★."

세상에 그 많은 이 씨 성을 가진 아이는 다 어디로 갔을까? 옆, 앞, 뒤, 심지어 대각선을 둘러봐도 그 흔한 이 씨 성은 증발하고 없었다. 1학년 3반 삼 분단에 이 씨 성은 나 하나뿐이었다.

내 앞에 앉은 애는 선행학습을 잘 받은 어린이였는데, 그 애가 보여준 종이를 보고 받은 충격은 지금도 잊을 수가 없다. 종이 가득 자기 이름은 물론이요, 할아버지, 할머니, 아빠, 엄마, 언니, 오빠 이름까지 빼곡하게 썼다. 심지어 귀퉁이에 반려견 이름까지 썼는데 담임선생님이 '종이 주세요' 하지 않았다면 사돈의 팔촌 이름까지 쓸 기세였다.

이런 똑똑한 친구들 틈바구니 속에서 나는 내 이름 석 자가 헷갈려서 고뇌하는 아이이고 싶지 않았다. 나는 나의 결단력과 감을 믿기로 했다. 순간의 결정이 평생을 좌우할 수도 있다는 사실을 알았다면 차라리 성은 빼고 이름만 적어내는 기지를 발휘할 수 있었으려나?

또박또박 한 글자!

그리고 내 짝꿍 박은설이 날 보며 해맑게 웃었다. 세상에 그토록 깨끗하고 순수한 표정의 친구를 나는 두 번 다시 만나지 못했다.

"아하, 너 이름은 열 개야? 10송현."

미안합니다, 여러분.

나는 작가라는 직업을 갖고 있는 '10송현'입니다. 그러나 이제는 '이송현'이라고 제대로 쓸 줄 아니 크게 걱정은 마세요. 덧붙여 이 씨 성을 가진 남자와 결혼한 어머니들, 댁의 자녀들이 시간이 흘러 언젠가는 자신의 '이' 씨 성을 정확히 쓸 날이 반드시 올 테니 노심초사하지 마시길!

'이' 씨란 성은 원래 그런 겁니다. 세월과 함께 헷갈리지 않고 견고해지는 그런 성씨입니다.

아버지, 아버지가 김 씨도 아니고 박 씨도 아닌 '이' 씨여서 정말 감사합니다.

° 『내 이름은 십민준』 이송현 글, 영민 그림, 위즈덤하우스, 2018

안소니와 테리우스

모든 것이 다 캔디 때문이었다. 정확히 설명하자면, 지경사에서 출간된 「캔디 캔디」 시리즈가 원인이었다.

5학년 학기 초, 담임선생님은 아침 자습시간에 국어나 수학 문제를 푸는 대신 읽고 싶은 책을 자유롭게 읽으라고 했다. 모두들 각자 취향에 맞게 책을 가져와 아침 자습시간을 보냈는데, 어느 날부터 우리 반 여자애들 사이에 「캔디 캔디」가 입소문을 타더니 급기야 교과서급으로 등극하기에 이르렀다.

때 아닌 독서 열풍에 담임선생님도 놀란 눈치였다. 게다가 「캔디 캔디」는 3권짜리 시리즈여서 창가 쪽에 앉은 아이가 1권을 읽고 있다면 뒷문 쪽에 앉은 아이가 3권을 읽고 있는 등 우리 반 여학생 모두가 때와 장소를 가리지 않고 책에서 눈을 떼지 않는 진귀한 광경이 펼쳐졌다.

「캔디 캔디」를 읽지 않은 사람이라면 이쯤에서 큰 의문을 가질 것이다.

도대체 그 책의 내용이 얼마나 대단한 것이기에 이토록 열두 살 소녀들의 마음을 흔든단 말인가!

정작 우리의 마음을 뒤흔든 것은 캔디가 아니라 안소니와 테리우스였다. 1권을 읽을 때까지만 해도 반 친구들은 한마음, 한뜻으로 캔디와 안소니를 응원했다. 외로운 고아 소녀 캔디가 잘생기고 착한 안소니를 만나 행복하고 즐겁게 살기를 바랐다. 이라이저와 니일 남매의 악행을 저주하면서 여자아이들은 스토리텔링에 깊게 감정이입되어 캔디를 응원했다. 그러나 2권이 출간되면서 사정은 달라졌다.

테리우스 G. 그란체스터!

이름만 들어도 어마어마한 존재가 등장한 것이다. 안소니가 미국의 부유한 재벌가 도련님이라면 테리우스는 영국 귀족 가문의 후계자였다. 캔디의 행복에 대해서 토론하던 아이들의 관심이 우회도로를 타더니 토론의 내용이 안소니냐, 테리우스냐, 누가 더 매력적인 인물이냐로 변하기 시작했다.

삽시간에 5학년 3반이 둘로 나뉘었다. 처음에 우리의 토론은 서로를 배려하며 왜 안소니가 캔디에게 더 나은 사람인지, 테리우스가 캔디를 위해 하는 행동이 얼마나 둘의 미래를 위해 희망적인지, 근거를 제시하며 합리적이고 이성적으로 접근했다. 그러나 치열한 공방은 어느덧 안소니파와 테리우스파로 나뉘어 과열 경쟁에 이르렀다. 친구들의 이성적이고 논리적인 근거는 공중부양되었다. '야, 테리우스가 뭐가 낫냐? 맨 처음 캔디 만났을 때를 봐라, 순 양아치지'와 같은 비아냥부터 '안소니 좋아하시네. 안소니는 1권에서 이미 말 타다 죽었거든?'이라는 폭언까지 서슴지 않았다. 이 모든 것이 주인공 캔디의 앞날을 응원하는 어린이 독자들의 뜨거운 성원이라면 좋았으련만. 이제는 맹목적으로 내가 좋아하는 대상이, 내 의견이, 세상의 중심이 되어야 했다. 결국 우리 반은 둘로 쪼개졌다. 아침 자습시간에 「캔디 캔디」 이외의 책은 꺼낼 수도 없게 되었다. 딴 책을 꺼

냈다간 배신자로 찍힐 지경이었으니까.

　　세상에 안소니와 테리우스만 있는 건 아닌데…….
　　왜 그 둘로만 이렇게 치열하게 굴어야만 하나? 책
　　장을 넘기면 앨버트 씨도 있고, 캔디를 한결같이
　　아껴주는 아치 볼트와 스테아도 존재하는데…….


　　남몰래 책상 서랍 아래로 『플루타크 영웅전』을 펼
치며 나는 생각했다.
　　그리고 얼마 안 있어 「캔디 캔디」 금지령이 떨어
졌다.
　　"앞으로 자습시간에 「캔디 캔디」는 절대 못 읽는
다. 그 책, 학교에 갖고 오는 거 금지야."
　　담임선생님의 서슬 퍼런 경고에 우리 반 아이들
은 좌절했다. 그래도 할 말은 없었다. 안소니파와 테
리우스파로 나뉘어 교실에서 난투극이 벌어진 뒤였
으니까. 악을 쓰고 울고 불고, 난리도 아니었다. 몇몇이 분에 차서 항의를 했지만 담임선생님은 아랑곳하지 않았다. 말을 듣지 않으면 5학년이 끝날 때까지 아침 자습시간에 수학 문제만 풀 것이라고 으름장도 놓았다. 우리는 눈물 속에 「캔디 캔디」를 접고 안소니와 테리우스에게 안녕을 고했다.

더 이상 「캔디 캔디」를 학교에 데려올 수 없게 된 날, 하굣길에 단짝 영지가 내게 물었다.

"그런데 송현아, 넌 안소니와 테리우스, 둘 중에 누굴 좋아했어? 한 번도 누가 좋다고 말 안 했잖아."

그랬다, 나는 그 누구도 좋아한다고 말하지 않았다. 안소니의 다정함도 좋았고, 테리우스의 뜨거운 열정도 멋있었다. 그러나 나는 앨버트 씨와 아치, 스테아의 무심한 듯하면서도 캔디가 어려움에 처하거나 도움이 필요할 때면 쓱 손을 내미는 그 잔잔한 마음이 고마웠다.

세상을 살아가는 동안 우리가 안소나 테리우스 같은 캐릭터를 만날 확률이 얼마나 되겠는가? 그보다는 앨버트나 아치, 스테아 같은 인물을 만날 기회가 더 많지 않을까?

언젠가 '1등만 기억하는 더러운 세상!'이란 외침을 대수롭지 않게 들었던 기억이 있다. 그런데 '주연만 기억하는 치사한 세상!'이란 외침이 내 가슴속에서 꿈틀거렸다.

그렇다, 나는 그런 인간이었다. 드라마를 보더라도 이상하게 주인공보다 주인공 옆에 서서 실없는 농담을 툭툭 던지는 조연에게 눈길이 갔고, 작품을 좌지우지할 만큼의 힘은 없더라도 주인공의 지친 마음을 소소하게 위로하며 작은 멘트를 내뱉는 조연의 대사에 코를 킁킁거리고 울음을 참으려고 애를 썼다. 나는 내 인생에 있어서는 주인공일지 모르나 이 드넓은 세상에서 나란 존재는 단 하나의 평범한 조연일 수도 있으므로.

나는 내가 이 세상의 조연이라는 사실이 억울하지 않다. 특별하지 않아도 하루하루를 제 나름의 대본 속에서 열심히 살아가는 조연들이 있어 이야기는 더더욱 재밌어지고 풍부해지는 까닭이다.

그리고 여담인데…… 평균적으로 보더라도 주인공보다 조연들이 유머에 좀 더 강하지 않나?

난 그 가벼운 유쾌함이 좋다. 피식피식 웃다보면 낄낄 소리 내어 웃을 수도 있고, 계속 웃다보면 무거웠던 내 삶이 조금은 말랑해지는 느낌이 들어서 좋다. 그러니 안소니와 테리우스만 바라보지 말고, 앨버트도 기억 좀 해주라. 제에에에에발!


보태기.

후배에게 이 얘기를 했더니 한다는 소리가 이렇다.

"언니, 앨버트 씨가 「캔디 캔디」에 등장하는 인물 중에 제일 부자 아니에요?"

흠…… 어쩌면 나는……

돈 많은 조연에게 매력을 느꼈나?

어린애라 무시 마라

EBS에서 어린이 프로그램의 작가 제의를 받았다.

어린이계의 시트콤 탄생!
드디어 이 땅에도 기막힌 캐릭터들이 등장하는
어린이 드라마가…… 움홧하하하하!

뭐, 시작은 대강 이렇다. 그러나 우리는 잘 알지 않은가. 인생 한두 해 산 것도 아니고, 삶이란 늘 의도치 않게 혹은 예상치 못한 복병들로 가득하다는 것을. 결론은 어린이계의 시트콤은 뉘 집 어르신 이름인지 구경도 못하고 어린이 교양 버라이어티쇼의 대본 작업에 투입됐다. 당시 작품을 시작하는 내 마음은 '어린이 블록버스터 특급 환상 대모험'쯤 됐을까?

EBS의 장수 프로그램 <딩동댕 유치원>의 후속작 <딩동댕 친구들—장난감 나라의 비밀>은 그렇게 출발했다.

늘 그렇지만 프로그램 사전제작 단계는 유쾌하고 평화로우며 재기 발랄하고 웃음이 넘친다. 감독님을 비롯하여 제작진들 모두 또래였고, 다들 기존의 어린이 프로그램의 틀에서 벗어나 뭔가 획기적이고 기발한 이야기와 캐릭터를 만들어보자며 결의를 다졌다. 도원결의까지는 아니겠으나 우리는 매번 늦은 시간까지 노란 통닭을 앞에 두고 시대의 어린이들을 위해 사활을 걸기로 각오를 다졌다. 게다가 개인적으로는 환상의 짝꿍, 안 작가까지 만나 더욱 신났다(아이들을 위한 글을 쓰지만 결코 아이들에게 '오냐오냐' 하며 호락호락 넘어가지 않는 작가가 있으니, 그게 바로 안 작가라고나 할까). 문제는 이 시간이 즐거워서 다들 앞으로 다가올 지옥 같은 상황을 알면서도 애써 외면하는 건지, 깜빡 잊는 건지, 어찌 됐건 프로그램에 혼신을 담았다.

그렇게 회의를 거듭하는 동안 나는 자라면서 봐왔던 어린이 프로그램을 떠올렸다.

우쭈쭈, 어린이들아. 양치 잘해야지.

친구들이랑 싸우면 안 돼요.

쓰레기는 쓰레기통에.

바르고 고운 말 어쩌구, 저쩌구…….


솔직히 나는 어린이들에게 이런 이야기를 보여주고 싶지 않았다. 물론 어린이들이 보는 프로그램에는 교육적이고 교훈적인 메시지를 담는 게 중요하다. 하지만 대놓고 이래라저래라 참견한 이야기에 유년의 나는 열광했던가? 아니었다. 그냥 자연스러운 삶의 이야기가 좋았다. 내 또래 친구의 삶과 일과를 엿보면서 '아, 나랑 똑같아' 공감했던 부분에 웃었던 기억이 생생하다. 그래서 <천재 소년 두기>, <케빈은 열두 살>, <사춘기> 같은 어린이 드라마를 즐겨봤다. 그리고 나는 <딩동댕 친구들—장난감 나라의 비밀>이 현시대를 살아가는 우리 어린이 친구들에게 그런 애틋한 이야기로, 유년의 한 자락을 장식

하는 프로그램으로 남았으면 좋겠다는 욕심을 부려보고 싶었다. 나는 내가 써 내려간 스토리텔링 안에서 어린이 친구들이 삶의 태도를 배웠으면 하고 바랐다.

인생이란 게 내가 구입하지도 않은 브레이크가 튀어나오면서 사람을 대환장하게 만드는 것까지 포함이었던가! 시트콤 같은 스토리텔링은 미취학아동에게는 난해할 수 있다, 캐릭터는 모두 인간 연기자인 줄 알았는데 탈인형이 등장해야 한다는 감독의 말에 멘붕이 찾아왔다. 그것도 제작비를 고려해야 하므로…….

오뉴월 삼복더위에 탈바가지라니!
아아, 돈 앞에 장사가 없다는 것은 세상만고의
진리였구나!

동심을 지키는 일도 돈이 있어야 한다는 것을 어

린이 프로그램을 하면서 배웠다. 어디 그뿐이랴, 늘 혼자 작업하던 나는 세 명의 동료 작가들과 호흡을 맞춰야 하는 일도 쉽지 않았다.

톤 앤 매너!

아, 이따위 말은 누가 만들었던가. 애당초 난 매너 있는 인간도 아니건만…… 네 명이 쓰는데 한 명이 쓰는 것과 같은 호흡의 톤 앤 매너라니!

나에게 방송 작업이 힘든 것은 일의 양도, 사람들과의 호흡도 아니었다. 내가 쓴 회차의 대본으로 동료 작가들에게 민폐를 끼치면 어쩌나 하는 점이었다. 혼자 하는 작업에서는 과정이나 결과에 대한 책임을 오롯이 나 혼자 짊어지면 된다. 바스러지고 절단나는 것도 어디까지나 내 몫이니까 내 어깨가 내려앉고 나 혼자 주저앉으면 된다. 그러나 방송은 다르다. 나의 실수로 모두 다 같이 욕을 먹기도 하고, 진창에 나뒹굴어야 하는 경우도 생긴다. 나는 그 민폐가 끔찍했다.

"이 작가님, 그런 생각 하지 마요."

그렇다, 우리 팀은 최고의 호흡을 자랑했다. 크고 작은 사건이 끊임없이 일어나고 그로 인한 멘붕이 찾아올 때마다 네 명의 작가들은 똘똘 뭉쳤다. 그래도 신이 우리를 버리지 않았구나 싶었던 것은 멘붕이 작가 네 명에게 한꺼번에 몰려오지 않고 번호표를 건네듯 순번을 타고 왔다는 사실이다.

어린이들의 동심을 지키지 못할 것 같은 네 사람이 모여 어린이들의 동심을 위해 발버둥을 쳤다. 연기자도 아니면서 대본을 쓰다 말고 자리에서 벌떡 일어나 연기를 하고, 갑자기 꽥꽥 노래를 부르고, 미친 듯이 웃고……. 그야말로 미치광이 소굴이 여기구나 싶을 정도였다.

그렇게 <딩동댕 친구들─장난감 나라의 비밀> 속 캐릭터들이 탄생했다.


매일매일 신나고 즐거운 장난감 나라 딩동시에

백 년에 한 번 '인간 어린이 초대 축제'가 펼쳐진다. 그리고 엄청난 경쟁률을 뚫고 초대된 인간 어린이, 일곱 살 이하루!

딩동시의 시장이자 일인 다역의 주인공, 쿵쿵! 쿵쿵 시장님은 귀여운 개다, 쿵쿵.

귀엽고 힘쎈 토끼 인형, 이즈라. 걱정도 슬픔도 이즈라, 이즈라(맞춤법을 무시하면 이렇게 이국적인 이름도 탄생한다)!

지구의 평화와 우주의 정의를 지키는 캡틴 우주로. 개인적으로 우주로 님의 연기를 볼 때면 예측하지 못한 장면에서 빵 터지곤 했다. 2퍼센트 모자라지만 사랑스러운 캐릭터라고나 할까.

딩동시의 인기 가수, 고양이 노라는 늘 기타를 들고 노는 친구다. 사고뭉치지만 미워할 수 없는 캐릭터다.

딩동시 샤르르 카페의 오너, 마시멜로 자매인 마시와 멜로의 목소리는 너무너무 사랑스럽다. 말끝

마다 붙이는 '맞다로, 그렇다로!'는 아직도 환청처럼 들린다. 특히나 마시멜로 자매는 자수성가의 산 표본이자 어린이 시청자들에게 롤모델이 될 수 있는 캐릭터다. 찢어지게 가난했으나 쿠키를 팔아 차곡차곡 모은 하트몬드(딩동시에서 통용되는 돈)로 부자가 되었다. 그러나 부자가 된 이후로도 여전히 하트몬드를 모으고 허투루 쓰지 않는다. 그리고 무엇보다 중요한 것, 그녀들 사전에 '공짜'는 절대 없다로!

단추마녀는 프로그램에서 유일한 악당이다. 장난감 나라에 온 이하루를 괴롭히려고 갖은 계략과 술수를 부린다. 단추마녀의 근처에는 심복인 몬지가 둥둥 떠다니는데 몬지는 악당의 하수인이라고 하기에는 사악하지 않아서 오히려 단추마녀의 유일한 가족 같은 느낌이다.

마지막으로 개인적으로 내가 너무나 좋아하는 캐릭터, 바로바로 킹수수! 옥수수계의 넘버 원, '킹수수 TV'의 진행자 킹수수는 봐야 안다. 왜 내가 이토록 킹수수에 빠져 있는지. 나의 최애 캐릭터 킹수수는 자이언트 옥수수라고나 할까. 원래는 핫도그에서 착안한 캐릭터였는데, 한 테이블에 앉아서 각자 떠올린 핫도그가 확연히 달라서 감독님은 물론, 작가들 모두 기겁했다. 누군가는 미국식 기다란 빵을 어깨에 걸친 핫도그를, 누군가는 막대기에 꽂힌 설탕 바른 우리의 핫도그를! 그러나 동일했던 것은 핫도그 친구가 두터운 밀가루 반죽 코트를 벗고 소시지 차림새로 서 있을 때도 있어야 한다는 다소 음험하기 짝이 없는 상상이었다. 결국 심의를 고려해 핫도그 왕자는 킹수수로 전면 수정됐다. 옥수수 껍질을 레인코트처럼 걸치고 있는 모습이 제법인 킹수수 캐릭터에 제작진 모두 만족스러운 눈치였다.

　　방송이 시작되고, 장난감 나라 캐릭터 중의 하나가(누군지는 밝히지 않겠다. 그래야 궁금해서 이 글을 읽는 독자분들이 해당 영상을 찾아볼 것이므로) 노래를 신나게 불렀다. 그것도 트로트를, 아주 구성지게 말이다.

전 국민이 즐기는 트로트, 남녀노소 가릴 것 없이 편하게 듣는 트로트, 우리나라 대중가요의 산역사 트로트! 그렇다면 우리 삶에서 트로트 가락은 자연스러운 일부분일 테니 우리 어린이들의 삶에도 현실적인 요소가 되지 않을까?

그러나 어찌된 영문인지 전 국민의 사랑을 받는 트로트가 어린이 프로그램에서는 교육적이지 못하다는 댓글에 시달려야 했다. 그로 인해 한바탕 소동이 일어난 것은 말할 것도 없고.

애들 방송에 트로트라니요!

아하, 대한민국 땅의 어린이들은 트로트를 부르는 캐릭터를 만나면 안 되는 거였구나.

왜 옥수수가 사랑에 빠집니까?


오, 상상력 고갈의 현장!

그래요, 옥수수는 옥수수일 뿐. 어찌 한낱 옥수수 따위가 사랑을 한단 말입니까!

가만히 앉아서 손에 쥐고 있는 볼펜을 보고도 볼펜의 개인사를 꾸며대는 내가 뭘 알랴마는, 상상 좀 하면 안 되나? 아무리 동심을 잃은 어른들이라지만, 옥수수에게도 저 나름의 삶과 사랑이 존재한다는 것쯤 떠올려볼 수조차 없단 말인가! 오호, 이게 바로 사상 통제인가……


왜 우주로가 '젠장!'이라고 욕을 합니까?


이보세요, 젠장…… 은 감탄사입니다. 그리고 이 험한 세상에 욕 한번 하면 안 되나요?

옥수수가 털리다니…… 과격한 표현입니다. 어린이 프로그램이라는 걸 명심하세요!


옥수수가 병이 나서 알갱이가 털리는 건데 뭐가 문제일까.

옥수수가 털리다…….

대체 무슨 생각을 한 거지?

수많은 댓글을 보면서 좀 서글픈 생각이 들었다. 그러고 보니 시트콤 할 때 '작가들 머리엔 똥만 들었냐, 왜 똥 얘기만 하냐'던 댓글이 떠올랐다. 아이러니한 건 똥 에피소드가 분당 시청률 1위는 물론이고 당시 최고 시청률을 찍었다는 거다.


어린이들은 온실 속의 화초가 아니다. 언젠가는 세상에 나아가 비바람도 맞고, 상처를 입기도 할 것이다. 물론 그 비바람을 미리 맞으며 예행연습을 하라고 강요하는 것은 아니다. 하지만 적어도 저 여린

화초들이 지금 세상을 마냥 무서워하고 버텨내지 못할 것이라고 생각한다면 그것이야말로 어린이의 저력을 무시하는 우리, 어른들의 오만이자 과잉보호가 아니겠는가.

우리는 누구나 어린이였다. 그리고 수많은 시행착오와 비바람을 맞으며 여기까지 왔다. 그리하여 야근도 묵묵히 해내고 부장님의 호통쯤은 멜로디로 여기며 건강히 살아가는 근력을 키운 것이다. 어린이 프로그램이지만 다양한 캐릭터를 통해 어린이들 역시 험난한 세상을, 어른들이 포장해놓은 아름다운 세상이 아닌 그냥 우리가 사는 세상을 함께 살아가고 있는 존재로 인정한다면 어떨까? 그렇다면 트로트를 부르는 캐릭터도, 사랑에 빠진 옥수수도, 게으름을 피우는 이즈라도, 돈 계산에 목숨을 거는 마시멜로 자매도, 큰소리만 떵떵 치다가 일 수습에 곤혹을 치르는 우주로도 다 이해하고 사랑할 수 있지 않을까?

어린이를 무시 마라. 한때는 당신도 어린이였고, 험한 세파를 온몸으로 받아치며 나름 잘 자랐지 않은가. 몸만 다 컸다는 이유로 어린이들에게 핑크빛 메시지만 던져줄 생각은 하지 말길……. 내가, 아니, 우리가 생각하는 것보다 어린이들은 건강하게 잘 자라고 있는 중이므로. 그 어린이 중 하나가 내게 이런 조언을 해줄 만큼.

"이모, 남친 아직도 없어요?"

"응, 없어. 어디서 만나야 되나?"

어린이가 세상 심각한 얼굴로 날 뚫어져라 보더니 속삭인다.

"놀이터에 가보세요. 나도 거기서 만났어요."

하아, 나는 인생 헛살았구나!

° <딩동댕 친구들-장난감 나라의 비밀> EBS1, 2019~2020

애당초

살면서 애당초 내 것이 아닌 것에 대해 곰곰이 생각해본 적이 있다. 그럴 때면 다섯 살 때 찍은 그 사진이 떠올라 웃게 된다. 빛바랜 사진만큼 희미해진 기억이지만 다섯 살의 나와 삼십 대의 아버지가 처음이자 마지막으로 단둘이 나들이를 했던 그날을.

　젊은 시절, 그러니까 삼십 대의 아버지는 늘 바빴다고 한다. 엄마는 자신의 일생에서 신혼 때가 가장 심심했다고 할 정도였으니까. 대한민국 보통의 아버지들이 짊어진 가장의 무게가 가벼울 수 없듯이 아버지도 마찬가지가 아니었을까 싶다. 그런 아버지가 내가 다섯 살이 되던 해 초여름 일요일 아침, 엄마한테 넌지시 말을 건넸다고 한다.

　"내가 송현이 데리고 놀러갔다 올게."

　"정말? 무슨 날이래? 휴일이면 하루 종일 코 골며 잠만 자던 사람이?"

　"내가 시간이 없어서 그랬지. 흠흠, 아무튼 내가

송현이 데리고 나갈 테니까 당신도 좀 쉬고 그래."

태어난 지 백일이 된 아들을 품에 안고 엄마는 살짝 감동을 먹었으려나? 엄마한테 완벽한 감동을 주려면 남동생은 등에 업고 내 손을 잡으며 나들이를 나갔어야 완벽한 그림이 아니었을까?

난생처음으로 아빠와 단둘이 나들이를 가게 된 나는 무표정했다. 오래된 앨범을 뒤적여 그날의 기록을 살펴보면 하나같이 영혼이 없는 표정이다.


"엄마는? 엄마는 같이 안 가?"

"엄마는 아가랑 집에 있지. 오늘은 아빠가 딸내미랑만 맛난 것도 먹고 재미있게 놀고 싶대. 어우, 우리 딸은 좋겠네."


엄마가 그때 나에게 이런 말을 건넸던가.

기억이 나지 않는다. 다시 사진 속의 나를 돌아보며 그날의 기억을 떠올려보지만 다섯 살 때 일을 다큐멘터리 영상처럼 시간의 흐름대로 나열할 수는 없는 노릇이다. 오로지 빛바랜 사진을 통해 그날의 추억을 더듬어볼 뿐이다.

와아, 이 사람들. 날 뭘로 보고. 남동생 태어나니까
나를 아주 그냥 이리저리 보내네. 일요일은
만화영화지, 이 땡볕에 어딜 나가라는 거야?

집을 나서는 내 표정은 딱 이거였다. 물론 다섯 살짜리가 할 멘트는 아니었지만 사진 속 표정이 대강 이랬다.

당시 나는 남동생한테 제 사랑을 뺏겼다고 생각해서 탱천한 분노를 억누르려고, 혹은 삐친 마음을 나름 표현하려고 방구석에 앉아 그림책만 들여다봤다고 한다. 한글도 깨치지 못했는데 어찌나 책만 뚫어져라 보는지 안쓰러울 지경이었다고. 심지어 그림책을 거꾸로 들고 보는 사진도 발견되었다. 어쩌면 아버지는 하나뿐인 딸을 생각하는 애틋한 마음으로 이날 나들이에 나섰는지도 모른다.

아버지는 카메라를 목에 걸고 내 손을 잡으며 집을 나섰겠지. 그리고 이렇게 다짐했으려나.

기필코 오늘, 우리 딸내미의 기억에 오래 남을 하루를 만들어주자! 얘가 시집갈 나이가 되면 오늘을 떠올리며 '아빠, 나 시집가기 싫어. 세상에서 아빠가 최고야'라고 매달릴 수 있도록!

이윽고 도착한 초여름의 소양강은 더웠다. 한여름이 오지도 않았는데 그야말로 대머리 까질 정도로 햇살이 뜨거웠다. 안 그래도 머리숱이 많은 아버지는 머리가 뜨거워서 짜증이 살짝 밀려왔다. 손잡은 딸내미를 내려다보니 아뿔싸! 딸내미 역시 당신의 유전자를 몰빵한 탓에 머리숱이 무지하게 많았다. 머리를 땋으면 다섯 살짜리 머리가 마치 동아줄을 엮어놓은 듯했으니까. 아버지는 딸내미의 머리를 가만히 쓰다듬었다.

　여기까지가 소양강 댐 앞에서 찍은 아버지와 다섯 살 나의 모습이 담긴 사진이 말해주고 있는 장면이다. 나는 사진을 가만히 어루만지며 과거의 그날을 상상해본다.

　"앗, 뜨거(나는 내 감정에 솔직한 아이였다. 필시 이렇게 말하고도 남았을 애다)."

　"너, 덥니(아마 나는 자동차에 부착된 흔들이 인형처럼 연신 고개를 끄덕였을 것이다. 덥다는 딸내미에게 뭘 해줘야 할지 모르는 아버지는 얼마나 허둥댔을까)?"

　"아빠, 나 쭈쭈바 먹을래(대여섯 살 무렵의 나는 쭈쭈바라면 사족을 못 쓰는 아이였다. 쭈쭈바라는 대가가 없으면 절대 심부름을 하지 않았고, 쭈쭈바를 주지 않으면 꼼짝하지 않았다)."

　"쭈쭈바?"

소양강 주변의 상점 쪽으로 발걸음을 옮겼다. 쭈쭈바를 사준다는 말에 신난 나는 아버지 손을 잡고 깡총거리며 뛰었을 것이다. 아버지 역시 덩달아 같이 깡총거리며 뛰고 싶은 마음이었을지도 모른다. 하지만 우리 아버지라면 그 마음을 꾹 눌렀을 것이 틀림없다. '사람이 점잖아야지!'를 인생 모토로 삼는 분이니까.

앨범에서 발견된 또 한 장의 사진은…… 모자를 눌러쓴, 몹시 불편한 낯색의 나였다.

아버지는 분명 딸기맛 쭈쭈바를 하나만 사고 돌아서려고 했을 것이다. 하지만 상점 한편에 진열된 모자에 시선을 빼앗겼을 테고, 당신을 닮아 까무잡잡한 피부의 딸내미가 안쓰러웠을 터다. 햇살에 한껏 달아올라 벌건 뺨이 까무잡잡하게 타는 건 시간문제였으니까. 아버지는 구경을 하다가 챙이 넓은 모자 두 개를 골랐겠지. "더운데 우리 이거 써볼까?"라고 말하면서.

생전 처음 딸내미의 모자를 골랐다는 사실에 아버지는 어떤 마음이었을까. 마음이 뻐근해졌으려나?

분명 뿌듯했으리라.

만약에 이 장면이 동화 속 한 장면이라면 나는 아마도 이런 대사를 썼을 것이다.

"두 개 다 사요? 엄마가 하나만 하는 거랬어."

"예쁘면 다 사주지, 아빠가."

드디어 레이스가 달린 노란 모자를 딸내미의 머리에 씌우려는 순간이다. 이제껏 아무 말도 않던 상점 주인 여자가 참견을 하기 시작했다.

"안 맞아요. 애 두상이 큰데?"

상점 주인 여자가 아무리 연장자라 할지라도 앞뒤 재지도 않고 당신 딸내미의 두상에 왈가왈부하는 것에 아버지는 부아가 났을까?

내 상상대로라면 아버지는 심호흡을 하고 정중히

이렇게 말해야 한다.

　"도움은 고맙지만 아이와 함께 고르겠습니다."

　"애 엄마 없이 오면 꼭 이런다니까. 괜히 작은 모자 사서 와이프한테 욕 먹지 말고 내 말 들어요. 내가 애 셋을 키워서 알아."

　"아줌마! 얘가 아줌마 앱니까? 내 자식이에요, 내 두상 닮은 내 애란 말입니다! 내가 알아서 골라요!"


　뭐, 소설이라면 혹은 드라마 대본이라면 딸내미의 손을 잡은 아버지가 이렇게 외칠 수도 있었겠지만 현실은 판이하게 달랐을 게 분명하다. 평소 타인과의 마찰을 가급적 꺼리는 아버지 성격이라면 이 대답이 최선이리라.

　"얘, 다섯 살입니다."

　중의적인 대답이었다.

　이 아이는 겨우 다섯 살이니 당신이 생각하는 것만큼 두상이 크지 않다, 당신은 내 딸 나이를 몰랐지? 당연하다, 내가 얘 아버지니까. 그러니 두상 어쩌구 운운하지 말고 내가 알아서 모자를 고르게 냅둬라.

이런 의미를 내포한 답변이 되겠다. 그러나 내 상상 속의 상점 주인 여자는 강적이었다.

"다섯 살이라도 두상이 큰데요, 뭘. 얘, 말해봐. 모자가 작지?"

아버지는 우물쭈물하는 나를 보자 부아가 치밀고, 처음으로 당신을 닮은 내가 가엾고 안쓰러우면서 동시에 상황을 이 지경까지 몰고 온 아버지의 두상, 그 두상을 물려준 조상에게 울화가 치밀었을지도 모르겠다. 만감이 가슴을 강타하는 사이, 주인 여자가 챙이 넓은 흰 모자를 들고 왔다. 그러더니 아버지의 허락도 없이 내 머리에 씌워주며 만족스러운 미소를 지었다.

"딱 맞네. 애기 아빠, 이 모자로 해요. 이거 사야 애 엄마한테 안 혼나."

결국 아버지는 상점 주인여자가 골라준 성인여성용 챙 모자를 계산했다. 내 작은 손을 잡고 아버지는 소양호로 발길을 돌리면서 무슨 생각을 했을까?

아이 씨, 무시하고 어린이용 모자를 씌울 걸 그랬나?

"아빠, 우리 배 타?"
"(지나간 일은 잊자.)그래, 우리 재미있게 배 타자. 사진도 찍고."
배 위에서 맞는 강바람은 제법 시원했다. 모자 때문에 언짢았던 아버지의 마음도 강 너머로 날아간 듯싶었다. 풍경을 바라보며 딸내미와 나란히 앉아 있자니 어쩐지 대단한 아버지 노릇이라도 한 기분이어서 아버지는 살풋 웃었을 수도 있겠다.

"아빠, 내 모자!"

딸내미의 외침이 소양호에 작은 파문을 일으켰다. 강바람에 내가 쓴 성인여자용 챙 모자도 날아가 버렸다.

"이 여자가 진짜……. 어린애라니까 그러네."

앨범을 아무리 뒤적여도 그다음 이야기를 유추해볼 만한 사진이 없기에 엄마한테 물었다.

"엄마, 이 모자를 쓰고 찍은 사진은 없네? 이게 다야?"

"없지, 날아갔는데. 아무리 두상이 커도 애한테는 애 모자를 사줘야지."

나는 이야기의 다음을 멋대로 꾸려보고자 한다.

모자는 하늘 저 너머로 날아간 뒤였다. 바람이 시원하게 불었고, 문제의 모자가 날아간 방향을 하염없이 바라보며 아버지는 내 손을 잡고 속삭였다.

"미련 갖지 마. 저 모잔 애당초 네 게 아니다."

나는 그날의 그 희끗한 기억 하나로 부녀의 정과 의리를 견고하게 다지는 중이다.

　습작 시절, 원고를 마치고 문학상에 투고를 할 때면 늘 당신의 손으로 원고를 출력하고 정리해서 빠른 등기로 접수해주던 아버지!

　신간이 나올 때면 부러 지하철로 출근하시면서 한자리 잡고 앉아 표지 선전에 힘써주는 아버지!

　"아빠, 옛날에 그 모자 때문에 미안해서 내 심부름 도맡아 해주시는 건 아니죠?"

　어쩌면 아버지의 견고하고 단단한 두상을 닮아 건강한 이야기를 쓸 수 있게 된 건가 싶기도 하다.

"미련 갖지 마

저 모잔 애당초 네 것이 아니다."

너의 운명은……

그럴 때가 있다. 원고를 쓰려고 책상 앞에 앉아 노트북 전원을 켜는 손 터치가 유달리 가볍고 키보드를 두드리며 첫 문장, 아니 단어를 쓰는 순간 '아, 작두를 타겠구나!' 하는 느낌이 팍 오는 때.

애는 효자 노릇 하겠구나!

책에도…… 저마다의 운명이 있다.

창작의 고통이야 있겠지만 그건 어디까지나 교과서 혹은 드라마나 영화에서 작가의 삶을 얼추 유추해서 짐작하는 것이겠고, 대부분의 사람들은 '열심히 쓰면 나오는 게 책 아닌가?'라고 생각할지도 모르겠다. 그러나 좀 과장되게 설명하자면 한 권의 책은 작가란 직업을 가진 자가 피똥을 쌀 듯 말 듯해서 겨우겨우, 간신히, 천신만고 끝에, 세상과 조우하는 결과물이다.

등단한 뒤에 동료, 선배 작가 들과 자리를 함께한

적이 있었는데, 각자의 신변 이야기 끝에 원고에 대한 이야기가 화두에 올랐다. 누가 먼저였는지 기억이 가물거리는데 다들 퇴짜 맞은 원고에 대해 떠들기 시작했다.

허걱! 퇴짜라니! 빠꾸라니! 등단작가인데?
다른 것도 아니고 등단 제도를 통과해 작가
타이틀을 거머쥔 자들의 원고를 거절한다고?

이때만 해도 나는 순진한 작가였다. 문창과 시절, 우리는 등단을 지상 최대의 목표로 삼았고, 등단만 하면 여기저기 출판사에서 미친 듯이 원고 청탁을 해올 것이라는, 그야말로 장밋빛 환상에 허우적거렸다. 그러나 현실은 잘 벼려진 칼보다 날카롭고 냉혹했다. 이름 석 자를 대면 알 만한 작가들도 빠꾸 원고를 갖고 있다고 고백하는 자리가 낯설었다. 한편으로 '나는 절대 빠꾸당하지 않으리' 다짐했으나……

나 역시 빠꾸 작가가 되기에 이르렀다.

『슈퍼 아이돌 오두리』는 비룡소와 일한 첫 작품이었다. 사실 이 원고 전에 내 기억에서조차 가물거리는 장편동화 원고를 비룡소에 넘겼다. 당연히 출간될 거라고 확신했는데 계약서를 기다리던 중에 날아온 '선생님, 수정을 하면 어떨까요?'란 제안에 골이 아니라 영혼이 흔들렸다. 그러나 '수정'이란 말에 살짝 휘청거렸던 멘탈은 재빨리 수습했다. 나는 신도 아니고 천재적인 작가도 아닌지라 당연히 더 노력해야 한다고, 흔쾌히 '오케이' 사인을 하고 수정 작업에 열과 성을 다했다. 결국 내 열과 성은 모두 헛발질이었지만.

"아무래도 이번 원고는 같이 가기 힘들 것 같아요."

아! 같이 가기 힘들다…… 그럼 나는 혼자 어디로 가야 하나?

° 『슈퍼 아이돌 오두리』 이송현 글, 정혜경 그림, 비룡소, 2013

이 말을 내게 전해야 하는 편집자의 마음은 어떠했을까?

마냥 즐겁거나 쉬웠으리라고 생각하지는 않았지만 나도 사람인지라 섭섭했고 자존심이 상했다. 내 노력의 부족함을 인정하고, 내 작품이 그들의 기준에 미달이란 통보를 받아들일 수밖에 없는 현실이 야속했다. 그렇다고 '네에' 하고 주저앉고 싶지도 않았다. 여기서 결과만 받아들이고 물러선다면 이 출판사에서 나란 작가는 그저 수정만 하다가 끝난 작가로 기억될 것이 뻔하지 않겠는가.

시트콤을 마친 후라 시간적 여유가 있었다. 또 시트콤 작업을 할 때, 어린이 오디션을 하면서 겪은 기억이 뇌리에서 떠나지 않았던 차였다.

그래, 내가 겪은 경험을 동화로 만들면 어떨까?

기회다 싶었다. 악마에게 영혼을 판 파가니니도 있는데 빠꾸 원고에 무릎 한번 꺾이고 영혼이 털린 뒤에 비상하는 이송현. 제법 그림이 나쁘지 않았다.

'실패는 성공의 어머니'라는 중학교 시절 급훈이 뇌리에 다시 한 번 각인되는 순간이기도 했다.

시트콤 작업을 하면서 마냥 어린애라고 믿었던 십 대 초반의 초등학생들이 제 꿈을 찾아 오디션에 응시하는 모습을 보았고, 나는 적잖은 충격을 받았다. 『슈퍼 아이돌 오두리』는 그 당시 나를 충격에 빠트렸던 열두 살 어린이들의 꿈에 대한 여정기라 할 수 있는 동화다. 오디션을 위해 아침 일찍부터 모인 어린이들을 보면서 나는 열두 살의 나를 떠올려봤다. 내가 하고 싶은 것이 뭔지도 모르던 시절이었다. 그냥 학교를 다니며 친구들과 즐겁게 놀고 공부하는 것이 전부였다. 하지만 오디션장에 달려온 아이들은 어떠했는가. '배우'라는 제 꿈을 위해 점심도 마다하며 복도에서, 화장실에서, 대본 연습을 했다. '장하다' '대단하다'로 간단히 설명하기에 미안한 마음이 들 정도로 아이들의 노력은 정말이지 멋졌다. 그 아이들의 모습을 통해 나는 잊고 있던 내 안의 열정을 다시 깨울 수 있었다. 매너리즘에 빠져 허우적대던 나 스스로에게 찬물을 대차게 뿌릴 수 있었다.

끝이라고 생각했던 원고를 접고, 다시 써보기로 마음을 다잡았다. 한번 끝났다고 영원히 끝난 건 아니었다. 이 간단한 진리를 나는 그동안 잊고 있었다.

『슈퍼 아이돌 오두리』는 꿈을 꾸는 아이들에 대한 이야기로 풀어가야지. 그러나 아이들만을 대상으로 하지는 않겠다. 자신의 꿈을 잊고 사는 어른들, 꿈을 모르고 앞만 보고 달려온 어른들, 슬럼프에 빠져 그저 하루하루를 살아내는 나 같은 어른들에게 '당신의 꿈은 분명히 살아 있어요!'를 전달하겠다고 마음먹었다.

빠꾸 원고가 새로운 이야기로 세상에 나오는 순간이 왔다. 과정이 힘들었던 만큼 『슈퍼 아이돌 오두리』는 꼭 성공하길 바랐다. 그러나 내 과욕이었을까. 출간되고 일 년이 되도록 아무런 반응이 없었다. 마치 이 세상에 이런 책은 나오지도 않았던 것처럼.

정성스럽게 책을 만들어준 편집자와 출판사에 미안할 지경이었다. 특히나 내가 좋아하는 그림작가와 작업할 수 있어서 행운이라고 생각했는데 책 반응은 너무나 조용했다. 날 위로하던 선배 작가의 말도 가슴에 맺혔다.

열심히 썼으면 됐어. 책에도 다 저마다의 운명이 있는 거다.

대체 그 운명은 누가 부여하는 것일까. 내 뼈와 살을 깎아서 만든 것이라면 적어도 나는 아는 척을 해줘야 하지 않을까. 그래, 나라도 잊지 말아야지, 오두리의 존재를!

그렇게 결심한 건 다 엄마 때문이다. 적어도 내 새끼를 포기하는 부모는 없다, 자식은 믿는 만큼 성장한다는 엄마의 광적인 신념을 나는 내 작품 『슈퍼 아이돌 오두리』에 흠씬 적용했다.

책이 출간되고 해가 바뀌는 정초, 보름달이 뜨던 날에 나는 베란다에 나가 빌었다. 아파트 고층이라 그런지 보름달과 나 사이가 무척이나 가깝게 느껴졌다. '이봐요, 달님!'이라고 소리쳐서 부르면 보름달이 '왜 자꾸 부르니?'라고 반응할 정도로 지척이었다. 그래서 나는 그날의 보름달에 대고 노골적으로 소원을 빌었다.

오두리, 얘. 딱 한 번만 아는 척해줘요. 쫌!

『슈퍼 아이돌 오두리』가 출간된 지 정확히 일 년이 되는 날부터 희소식이 날아들었다. 충남교육청 골든벨에 선정되더니 연달아 이런저런 기관에 선정 도서로 뽑혔다. 지금도 이게 다 우연인지, 보름달 때문이었는지는 잘 모르겠다.

골든벨은 어디서나 좋은 것이로구나…….

오두리는 천천히 걸어가는 아이였구나…….

내가 한 일이라고는 포기하지 않고, 어깨를 나란히 하고, 걸어가준 것뿐이었는데.

노 빠꾸, 노 브레이크!

나의 운명은, 너의 운명은, 우리의 운명은…….

나를 믿어주는 단 한 명이 있다면 언젠가 반드시 빛날 것이 아닐는지.

이렇게 말해놓고 오늘 밤에도 괜히 베란다로 나가 보름달이 떴는지 하늘을 올려보게 되는 건 무슨 마음인지.

든든한 한 문장

든든한 한 문장을 쓰기 위해 뛰어난 실력, 타고난 재능, 어느 밤 갑자기 신이 내린 필력 같은 게 있으면 좋겠지만 안타깝게도 나는 그냥 지극히 평범하게 태어나고 남들과 엇비슷하게 자란 사람이다. 고로 이렇게 평균의 내가 작가로 산다는 건 어쩌면 기적에 가까운 일일지도 모른다고 종종 생각한다. 그래서일까? 내 생의 행운을 이미 다 소모한 탓에 나는 살면서 로또에 당첨된 일이 단 한 번도 없다.

각설하고!

사람들은 이런 내가 든든한 한 문장을 위해 남몰래 엄청 쓰고 지우고 읽고 공부하는 줄 알겠지만, 내가 하루 중 가장 많은 시간을 할애하는 것은 공교롭게도 체력 훈련이다. 혹자가 운동하는 날 본다면 이런 말을 할 것이다.

"야, 그렇게 거품 물고 할 일이냐? 국대 선발전에라도 나가냐?"

그렇다. 내가 뭐 하는 인간인지 모르는 사람이 날

본다면 전직 체대 출신이거나 여군인가? 헷갈려 할 수도 있겠다(실제로 나는 미군이 되겠다고 선언한 적도 있다. 이 말을 들은 사람들은 그냥 실없는 농담으로 치부한지만). 어쨌든 나는 든든한 한 문장을 위해 많은 시간을 체육관에서 몸부림친다.

개인적으로 작가라면, 특히 장편을 써야 하는 작가라면, 체력이 최우선이라고 확신한다. 스무 살 무렵, 나의 은사님이자 모 소설가께서도 이런 말씀을 하셨다.

"좋은 작가가 되려면 체력이 좋아야지."

물론 이십 대 때는 온종일 앉아 있어도 멀쩡했다. 당연했다. 잘 먹고, 잘 자고, 잘 뛰고, 잘 웃고, 뭘 해도 즐거웠으니 스트레스가 지극히 적었다. 스승의 조언을 '아, 교수님이 연세가 있으셔서 그러신가?' 하며 대수롭지 않게 흘려들었다. 그러나 삼십 대가 되면서 심상치 않은 기운이 허리에서 밀려들더니 조금씩 뻐근해졌다.

흠, 그래 이건 유전적 결함이지. 우리 집안 사람은
허리가 좀 길어.


　삼십 대 초반, 나는 유전자를 탓하며 가문을 욕보
였다. 뭐, 그래도 핑계댈 게 있어서 나름 마음의 위안
을 얻었던 것 같다.
　삼십 대 중반, 나는 울고 말았다. 아직 사십도 못
밟았는데 목이 꺾였다. 너무 아파서 자는 것도 힘들
고, 앉아 있는 것은 더더욱 지옥이었다. 이런 딸을 가
진 죄로 부모님은 주말이면 날 뒷좌석에 싣고 전국
방방곡곡을 돌며 소문난 한의원, 도수 선생을 찾아
다녔다. 나이 드신 부모님이 운전하는 차 뒷좌석에
누워 '에구구, 나 죽어요!' 외치는 딸자식이 내게 만
약 있었다면 고속도로 휴게소 화장실 옆에 슬쩍 버
리고 싶었을 텐데. 부모님은 목뼈 아프다는 날 위해
화장실 가는 길도 부축해주셨다. 물론 내 목뼈는 걷
는 것과 무관했지만. 용하다는 한의원 대기실에서

고슴도치 새끼인 양 목에 바늘을 꽂고 앉아 있기도 했고, 온갖 물리치료에 정형외과를 순례하기도 했지만 목뼈의 통증은 나아지지 않았다.

　나는 나의 통증을 숫자로 확인하고 싶은 마음에 드라마를 쓰는 선생님께 조언을 구했다. 그러자 선생님은 피식 웃으면서 위로일까 싶은 말을 건넸다.

　"이 작가, 그래도 이 작가는 젊어. 적어도 나처럼 허리 디스크 수술은 안 했잖아. 난 허리를 세 번이나 열었어. 세 번째 허리를 열 때는 뚜껑이 같이 열렸지."

　선생님의 푸념에 목의 통증조차 잊고 나는 고개를 숙였다.

　통증 때문에 글 쓰는 일을 접을 수는 없었다. 쓰는 즐거움이 통증을 능가했으니 작가라는 업은 숙명이었다.

　"힘을 키우자."

　엄마의 해결책은 간단명료했다. 평생 글을 쓰고

싶다니 평생 근육을 붙이며 살면 될 거라고 단언했다. 어찌나 단호하신지 반박할 타이밍을 놓쳤다.

그날부로 운동을 시작했다. 다행히 나는 책상 앞에 앉아 있을 때를 제외하면 지나칠 정도로 활동적인 인간이라 문제될 게 없었다. 그 전까지 취미로 한 운동을 든든한 한 문장을 쓰기 위해 전투적으로 업그레이드했다.

아침에 눈을 뜨면 간단히 식사를 하고 수영 가방을 챙겼다. 오전에는 늘 기분이 별로인 탓에 수영장 물에 머리를 박고 수영하는 건 아주 적절한 운동이었다. 물에 들어가면 기본적으로 스무 바퀴, 1킬로미터를 쉬지 않고 돌았다. 그게 끝나면 '접영─배영─평형─자유형'으로 영법을 바꿔가며 전속력으로 돌았다. 심신의 안정을 위한 마무리 잠수도 잊지 않았다. 이쯤 되면 '이 여자는 폐로 글을 쓰나?' 할지도 모르겠다. 나의 수영 코치 역시 이런 생각을 가졌던 사람이었다. 내 폐를 과대평가한 나머지 급기야 나를

'○○시 시장배 수영대회'에 내보냈다. 든든한 문장을 위해, 건강을 위해, 수영하는 거라는 내 말에 코치는 '그래요, 건강을 위해 대회에 나가는 겁니다'라며 내 허리에 고무줄을 묶었다. 초등학교 시절에도 고무줄과 안 친했던 내가 허리에 고무줄을 묶고 물속에 내던져졌다. 어린 시절, 그렇게 개구리가 되고 싶다고 할 때는 그 누구 하나 응답하지 않더니만 내 나이 서른 중반이 넘어서야 개구리 저리 가라 하는 포즈로 물살을 갈랐다. 결국 나는 평형 대표가 되었고, 50미터와 100미터 평형에 출전하기로 했다.

새벽에도 물살을 가르고, 저녁에도 물살을 갈랐다. 주말에도 나와서 훈련을 하라는 코치의 말에 한 번쯤 반항을 할 법도 한데 요상한 승부욕이 머리를 들어서 나는 한 손에는 수영 가방, 한 손에는 노트북을 들고 하루하루를 보냈다.

대회 당일, 아마추어 대회라고 내게 자신감을 심어주었던 코치가 사실은 구라왕이라는 사실을 깨닫게 되는 순간이 찾아왔다. 말이 좋아 아마추어였지 출발선 점프대 내 양옆에 선 선수들의 허벅지는 정확히 내 것의 두 배였다. 체대 출신, 상비군, 기타 등등의 선수들 사이에서 나는 황소개구리 틈바구니 속 외로운 청개구리쯤 됐을까. 고개를 숙여 내 허벅지를 바라봤다.

아, 이 허벅지로 나는 무엇을 할 수 있으려나.

그동안 나의 허벅지는 목과 허리의 통증을 외면하며 묵묵히 의자를 꾸욱 눌렀다. 자리에서 일어나고 싶은 욕망을 허벅지로 눌러가며 책상 앞에 앉아 글을 쓰면서 나는 끈기란 녀석을 내 몸과 마음에 장착했던 것은 아닐까.

청개구리 같은 발차기로 나는 50미터와 100미터 경기를 완주했다. 체대 출신들 사이에서 유일한 비체대 출신 선수였던 나는 끈기라는 부스터를 달고 발버둥을 쳐서 꼴찌를 면했다. 4위의 성적을 얻고는 탈의실 한복판에 개구리처럼 쭉 뻗었지만 경기 전보다 단단한 목뼈를 얻은 기분이 들었다. 그 뒤로 수구를 하면서는 공을 움켜쥐는 힘을 키웠고, 남의 겨드랑이를 물고 늘어지는 오기를 키웠다.

오늘도 나는 든든한 한 문장을 위해, 작가로서 살아남기 위해 케틀벨을 든다. 거실 창으로 앞동을 멀거니 바라보며 8킬로그램 케틀벨을 들고 스윙을 하고 있자면 소파에 누워 뉴스를 보던 아버지가 기겁을 하신다. 이유인즉슨 머리를 깨고 싶지 않으시단다. 아버지는 8킬로그램 케틀벨이 나에게 껌이란 사실을 아직 모르시나 보다.

스윙 백 개를 하고 나면 이걸 들고 스쿼트랑 한 팔로 어깨 들어올리기를 해야지. 왼쪽 어깨에서 '빡' 하는 소리가 나지만 죽지는 않으니까.

아…… 든든한 한 문장의 길이란, 몹시도 무겁다.

"좋은 작가가 되려면 체력이 좋아야지"

아…… 든든한 한 문장의 길이란,

몹시도 무겁다.

제법 괜찮은 꼰대

몇 년 전에 친구가 부르르 떨면서 분노했다.

"나이는 똥구멍으로 먹냐?"

참으로 험악하고 거친 물음이 아닐 수 없다. 그러나 그건 질문이 아니고 그냥 확답이었다. 내 친구의 상사가 친구에게 건넨.

"말해봐. 내가 그 자리에서 뭐라고 대답을 했겠어?"

다소 당혹스런 질문에도 나는 의연한 모습을 보이며 정중히 '나라면'이란 가정을 세워서 답을 했다.

"똥구멍이 먹어야 하는 건 빤쓰뿐입니다."

나의 대답에 친구의 미간이 엉망으로 구겨졌는지, 빵 터졌는지 기억이 가물거린다. 똥구멍이 먹어야 하는 건 나이가 아니라 빤쓰 하나로 충분하다. 이건 어디까지나 내 신념이다.

나는 똥구멍으로 나이를 먹는 어른이 되고 싶지 않은 사람이다. 연륜과 혜안으로 나보다 어린 연배의 친구들에게 조금이나마 도움이 되는 사람으로 살고 싶다. 누군가의 롤모델은 바라지도 않는다. 그저 민폐를 끼치지 않고 간단한 도움이라도 건넬 수 있었으면 좋겠다.

언젠가 학교 강연을 갔을 때, 한 중학생이 내게 물었다.

"작가님은 많은 글을 쓰셨는데 그중에 동화와 청소년소설을 주로 쓴 이유가 뭔가요?"

그러게, 나는 왜 하고 많은 장르의 글 중에 동화와 청소년소설에 빠졌을까?

대답은 간단했다. 재밌으니까. 예전에도 재밌었고 지금도 재밌고 앞으로도 재밌을 것 같은 글쓰기 작업이 나에게는 동화와 청소년소설이었다. 초·중·고등학교 시절, 나는 학업보다도 독서에 열중하던 아이였다. 장르나 주제, 분야 상관없이 읽었다. 이야기가 좋았다. 누군가가 들려주는 이야기에 늘 혹해서 감정이입하여 빠져들고 말았다.

책 속에 길이 있는지 없는지는 상관없었다. 재미

난 이야기들 속에서 나는 나름의 교훈을 얻었고, 인물들이 겪는 사건을 통해 세상을 배웠다고 확신한다. 재미있는 이야기는 사는 데 아무 도움이 되지 않는 그저 그런 이야기가 아니다.

　유년 시절, 지경사에서 출간된 『별난 국민학교』와 『축구 국민학교』와 『별난 가족』 같은 시리즈나 현암사에서 출간된 『5학년 3반 청개구리들』 같은 창작동화를 통해 나는 가족의 소중함, 친구와의 우정, 개성이 다른 사람들을 존중하고 함께 사는 법 등을 터득했다. 그 수많은 동화책 속에서 또래의 삶을 엿보았고, 예의와 효, 도덕심과 정의란 무엇인지 배워갔다. 물론 그토록 훌륭하고 재미있는 책들을 봤음에도 지금의 내 인격이 '완성형'이라고 확신하지는 못하겠다. 다만 그 이야기 속에서 세상 사는 이치를 자연스레 터득했다고 자부한다. 그리고 다짐했다. 나는 대놓고 목청껏 교육이니 교훈이니 외치는 '책'이 아니라, 아주 재밌는 '이야기'를 통해 독자들과 소통을 해야겠다고 말이다.

그때 '아, 나도 이렇게 살아야지' 다짐했던 것을 이제는 내가 쓴 동화나 청소년소설 속에서 숨 쉬는 캐릭터를 통해, 스토리텔링을 통해 풀어간다. 독자들에게 부담 없이 내가 진정으로 말하고자 하는 의미에 다가가길 간절하게 바라면서.

교훈이나 주제가 무슨 소용이람.

가끔 그런 생각을 한다. 책을 손에 쥔 순간부터 마지막 장을 덮을 때까지 이야기 속에 빠져들어 함께 울고 웃었으면 된 거다. 그것만으로도 나의 글은 충분히 제 몫을 해낸 것이 아니던가.

내가 뭐 대단하다고 가르쳐. 그냥 이런 이야기도 있는데 같이 재밌게 보자, 그거면 됐지.

노트북을 켜고 새 원고를 시작하는 순간이 오면 나는 늘 이런 마음이다. 한편으로는 얼마나 재밌으려나 들떠서 혼자 피식, 실소를 참지 못한다.

쓰는 행위 자체가 이렇게 신나는데 글에도 제각각 운명이 있다. 첫 문장을 쓰는 순간부터 '와, 이거 대박 나는 거 아냐?' 싶을 정도로 원고가 저절로 써지는 경우가 있고, 어떤 때는 머리를 쥐어짜고 허리가 뒤틀릴 때까지 책상 앞에 앉아 있어도 단 한 줄도 못 쓰는 경우가 발생한다.

이쯤 되면 악마한테 영혼이라도 팔아야 하나?

그러나 악마도 눈이 있는 건지, 파우스트급은 되어야 영혼을 저당 잡아주나 보다. 내 경우에는⋯⋯ 무응답! 한 줄도 못 쓰고 앉아 있는 날에는 그냥 쭉 괴로우면 된다. 허리의 통증을 수반한 채로.

분명히 내가 읽던 책들은 죄다 흥미롭고 재밌었

는데 쓰는 일은 만만치 않았다. 글을 쓰는 일 자체가 혼자 해야 하는 일이니만큼 각오는 했지만 그래도 '이럴 땐 어떻게 해야 하는지 누가 좀 알려줬으면 좋겠다' 할 때가 많았다. 이십 대 초반 무렵에는 그 바람이 너무도 절실했다. 그러나 어떤 마음가짐으로 버텨야 하는지 A부터 Z까지 아주 디테일하게 행동 강령을 알려주는 사람은 세상 어디에도 없었다. 주제를 선정하고, 등장인물을 매만지고, 단어를 선택하고, 문장을 적어내려가는 일은 오롯이 나 혼자 해야 하는 일이다. 하지만 쓰다가 막힐 때, 그래서 멘탈이 바스러질 때, 나는 내 인생을 두고 무모한 베팅을 하는 것은 아닌가 두려움에 떨었다. 친구들이 팀장이니 과장이니 하는 직급을 달며 연봉 협상을 할 때 나는 언제 될 것이라는 확답도 얻을 수 없는 일에 매달려 있는 모양새였으니까.

그런 나에게 '괜찮아, 잘하고 있어'라며 실질적인 조언을 해주는 존재가 있었으면 얼마나 좋았을까.

다 그런 거야. 너, 달면 쓰고, 쓰면 안 쓸 거야?

물론 그럴 건 아니었다. 하지만 슬럼프에 빠져 허우적거리는 순간마다 자리에서 벌떡 일어나는 방법이라든가, 슬럼프의 늪에서 여유롭게 배영이라도 하는 방법을 가르쳐주는 선배나 어른이 있었다면 얼마나 좋았을까 싶었다. '부서지기 쉬운 설탕 과자 같은 정신력이구먼' 하는 선배 대신 내가 무슨 넋두리를 쏟아내도 함께 답을 찾아주거나 정신 차리게 따끔한 조언을 해주는 사람이 있었더라면…….

아쉬울 때가 있었다. 어쩌면 나는 그 시절, 나의 외로운 글쓰기 인생을 함께 걸으며 가끔 '꼰대 노릇'을 기꺼이 해주는 사람을 간절히 바라고 있었던 게 아닐까.

그런 나의 바람은 점점 왜곡된 방향으로 부풀어 내 강의를 듣는 대학생들에게 '꼰대'일지 모를 사람이 되어버린 것은 아닐까 걱정이 될 때도 있다. 그리고 '꼰대'라는 단어에 '하하하' 하고 피식 웃어 넘기던 내가 어느 순간부터 편하게 웃지 못하게 되었다. 마치 '나는 꼰대가 아니지, 아직은'이라고 확신은 하지만 주위의 눈치를 보게 되는 때가 빈번해졌다고나 할까. 강의할 때마다, 특히 학기 시작 오리엔테이션 때면 간단히 강좌 소개나 하면 될 것을 2010년 이후로 나는 잔소리를 메들리로 늘어놓는 사람이 되어버렸다(2010년을 정확히 명시한 것은 그 시기부터 '꼰대'라는 단어에 귀를 세웠기 때문이다).

헉! 입아, 그만 떠들어라.

이미 내 입은 열린 상태였고, 학생들은 묘한 시선으로 날 주목하고 있었다. 그리고 내가 학생들에게 가장 많이 했던 말은 이것이다.

"제발 도전을 해봅시다. 원고를 썼으면 자신 있게 '그래, 이번엔 도전이다! 내 글이 당선 안 되면 그 누가 하리오!'라는 각오로. (중략) 친구들아, '선생님, 아직 준비가 안 되었는데요?' 제발 이런 멘트는 내 수업을 듣는 동안에는 절대 하지 말아줘."

길기도 하다, 잔소리!

그러나 매 학기 초, 나는 기꺼이 꼰대가 되기로 결심한다.

꼰대가 되는 것에 겁먹지 마라. 우리는 누구나 꼰대가 된다. 문제는 괜찮은 꼰대가 되느냐, 마느냐에 달렸다.


아아, 그나저나 어쩌다가 이야기가 여기까지 흘러왔을까.

이 원고는 삼천포로 빠진 꼴이다. 그래도 기왕 길을 나섰으니 마무리를 짓고자 한다.

동화와 청소년소설의 매력을 나는 잘 알고 있다. 비록 나는 순수하지 않으나, 동심이란 것이 내게 언제 머물다 흘러갔는지조차 알 수 없으나, 나는 어린이와 청소년 들의 곧은 마음이 좋다. 세상이 무섭게 변했다고 연일 뉴스에서 십 대들의 범죄에 대해 떠들어댄다. 그러나 그 0.01퍼센트를 제외한, 자신의 삶을 소중히 살아가는 99.99퍼센트의 십 대들이 이 대한민국 땅을 지지한다고 나는 믿고 있다.

초등학교 저학년 어린이 대상의 강연이 끝난 후, 여덟 살짜리 남자애가 슬그머니 내 곁에 섰다. 그러더니 스윽, 내 손을 잡는 것이 아닌가! 조심스레 내 손을 꼭 잡는 아이의 손을 나는 뿌리치지 않았다. 정답게 손을 마주 잡고 시선을 맞댔다.

"선생님, 선생님 책은 쫌 재밌는 거 같아요. 나도 십민준처럼 받아쓰기를 못해서 엄청 힘들었거든요." (십민준은 『내 이름은 십민준』 동화의 주인공이다.)

아, 맙소사! 진짜 아무 말도 아닌데, 대단한 사상 철학이 내포된 문장도 아닌데, 나는 그 여덟 살짜리의 말에 울 뻔했다. 그 아이가 건넨, 많이도 아니고 '쫌 재밌다'는 그 말이, 십민준처럼 받아쓰기를 못해

서 엄청 힘들었다는 고백이, 내게 주는 응원과 위로
로 다가온 것은 내 정신 세계의 문제일까.

"선생님은 집이 어디에요?"

"왜에?"

아이들이 나를 에워쌌다. 내 손을 잡았던 남자애
를 비롯해서 바바리코트 자락을 붙잡고 선 여자애,
내 가방을 대신 들어주겠다고 수선을 피우는 남자애
들로 나는 한 발자국도 움직일 수 없었다.

"선생님, 오늘 우리 집에 갈래요? 우리 집에서 자
고 가요, 네?"

자기 집에서 자고 가라는 천진한 눈빛에 나는 또
다시 울컥했다. 내가 이토록 울컥이는 심장을 가졌
던가.

"내가 갑자기 가면 엄마랑 아빠가 놀라지 않을
까?"

그랬더니 아이가 말했다.

"우리 엄마랑 아빠도 십민준 좋아하니까 선생님

은 우리 집에 와도 괜찮아요. 내 방에서 같이 자도 되
는데······."

결국 나는 여덟 살짜리 어린이들 손에 이끌려 자
의 반, 타의 반으로 그 어린이들이 사는 아파트 단지
까지 갔다. 나로서는 이 귀여운 독자들을 집까지 배
웅한 것이다. 어린이들의 집으로 같이 걸어가면서
본의 아니게 『내 이름은 십민준』 강연회 뒷풀이를
진행했다.

나는 왜 『내 이름은 십민준』이 좋냐고 물었다. 답
은 명쾌했다. 재밌단다. 그리고 앞으로 절대 슬럼프
에 빠질 수 없게 만드는 소리를 건넸다.

"이 책은 나를 즐겁게 해주고, 용기 나게 해줘요."

엥? 이 내용이 그랬던가?

"맞아요. 받아쓰기에서 40점을 받아도 나중에는
100점을 받을 수 있다고 용기를 줬어."

"십민준한테는 도보람 친구도 있고, 엄마랑 할머
니는 우리를 사랑한다는 것도 알려줬어요."

"선생님! 나는 십민준네 선생님이 십민준이 우니까 코 닦아주는 거 좋았어요. 근데 우리 선생님도 나중에 내 코 닦아주나요?"

하하하, 얘야. 너희 담임선생님이 아직 흘리지도 않은 네 콧물을 닦아줄지는 미지수지만 한 가지는 분명하구나. 앞으로 내가 쓸 글들이 애를 먹일 때마다 나는 내 손을 스스럼없이 잡아준 너희를 떠올리며 이야기를 꾸려갈게.

어린이 독자님들을 집 앞까지 안전하게 데려다주고 나서 돌아가는 길, 나는 한참을 횡단보도 앞에 서 있었다. 내가 배웅한 아이들이 귀가한 아파트 단지가 보이는 자리였다. 저 아이들은 괜찮은 어른이 될 것이다. 아니, 내 예상보다 훨씬 멋진 어른으로 자랄 것이다. '이야기를 계속 써도 괜찮을까?'라고 묻는 나에게 세상 심각한 얼굴로 '네, 계속 써도 괜찮을 거 같아요'라고 말해주던 아이들. 내가 쓴 동화책이 자기들한테 이거 해라, 저거 해라, 하지 않았단다. 그러면서 자기들도 힘들어도 계속 계속 숙제를 해나가고 있으니까 내게도 계속 힘을 내서 동화를 쓰라는 아이들.(얘들…… 여덟 살 육체의 탈을 쓴 오십 대인가?)

십 대 수호신이 나오는 청소년소설을 끝내고 『내 이름은 십민준 2. 공포의 19단』 작업도 거의 마무리 단계다.

하루가 마무리되는 저물녘에 '아, 오늘 하루도 끝났구나'라며 다리 쭉 뻗고 내일을 위해 이부자리에 몸을 누이며 생각한다.

오늘 쓴 이야기는 재미가 쫌 있으려나?

최대한 설교는 늘어놓지 않으려고 애를 썼으니 괜찮은 꼰대가 되어가고 있는 데다가, 이야기가 좀 재미있어지는 것도 같으니 나는 제법 괜찮게 살고 있는 듯하다.

° 『나의 수호신 크리커』 이송현 글, 자음과 모음, 2021

아버지의 발차기

환갑을 훌쩍 넘긴 아버지가 퇴직 후 새롭게 시작한 것은 새벽 수영반에 등록한 일이다. 평소 수영의 '수' 자도 꺼내지 않았던 분이라 아버지가 수영을 배우려고 마음을 먹었다는 사실 자체가 놀라웠다. 당장 시작하지 않고 다음 달로 등록했다는 말에는 왜 바로 시작하지 않았느냐고 물었다. 아버지는 날 보고 멋쩍어 하며 웃었다.

"너무 모르고 가면 좀 그렇지 않나? 연습 좀 해보고 가야지."

아버지는 평생을 그렇게 사셨다. 목표를 정하면 조용히 준비하고, 꾸준히 노력하는 분이었다. 그러고 보면 한번 시작하면 포기를 모르고 끝을 보는 것이나, 아무리 어려워도 인내심을 갖고 묵묵히 앞만 보는 건 아버지 유전자의 영향이 아닌가 싶다.

"너는 요즘 바빠서 수영 안 하지?"

대놓고 도와달라고 하면 될 것을 아버지는 점잖은 어조로 내게 말을 건넸다.

사실 아마추어 수영대회에 참가한 이후, 나는 수영장 쪽으로 고개도 돌리지 않는 상태였다. 수영 코치의 꼬임에 홀랑 넘어가 그야말로 주객이 전도되어 체대 출신과 한 물에서 팔다리를 놀려야 했던 그 아이러니한 추억에서 빠져나와 본업에 집중하려고 다짐을 했던 시기기도 했다. 그러나 오래된 수영복을 찾아 들고 서서 날 바라보는 아버지의 눈동자에서 빠져나오기란 쉬운 일이 아니었다.

"헥, 메뚜기도 아니고, 그 형광연두색 수영복을 입으려고요?"

당신 딸이 개구리가 되겠다고 허우적거린 과거사가 있는데 아버지가 형광연두색 수영복을 입고 수영장에 들어선다니!

아버지는 수영복 색깔이 무슨 상관이냐, 벌거벗고 하는 것도 아니잖느냐, 별것 아니라고 초연히 말했지만 딸의 입장에서 아버지의 오래된 수영복은 별일이며 큰일이었다.

백화점 세일에 맞춰 아버지의 수영복을 사고 수영 왕초보 아버지에게 선수용 수경까지 선물했다. 그 뒤로 우리 집에서 나누는 이야기의 화제는 모두 '수영'이었다.

　본격적인 강습이 시작되기 전에 아파트 단지 안 수영장에서 예습을 시켜달라는 아버지의 주문에 나는 아버지의 개인 코치가 되었다. 툴툴거리기는 했지만, 나는 아침마다 아버지를 따라나섰다.

　그것은 본능이었다. 어린 시절, 내가 도움이 필요할 때면 아버지가 항상 내 곁에 서줬던 것처럼 나도 아버지의 수영 보호자인 양 아버지 곁에 섰다고 하면 너무 과한 생색일까?

　그렇게 아버지와 나의 수영 강습은 시작되었다. 평생 배 한번 안 나온 아버지의 수영복 차림은 수영 선수의 몸매와 다를 바 없었지만, 아버지의 발차기 실력은 아무리 가르쳐도 '엉망'이었다. 한 번 잘 되다가도 다시 시작하면 엉성한 것이 아버지의 자유형 발차기였다. 옆 레인의 누군가는 그런 아버지를 보고 몸은 수영을 잘하게 생겼는데 왜 맥주병이냐고 묻기에 이르렀다.

"왜 이렇게 안 되지?"

기운이 빠져 포기할 법도 한데 아버지의 발차기는 꾸준했다. 비가 오나, 바람이 부나, 아버지는 작은 수영 가방을 들고 집을 나섰다. 차가운 풀장에 몸을 던지고 입술이 파래지도록 묵묵히 발차기를 했다. 이런 아버지의 끈기에 감탄하기보다 '저러다 쓰러지시는 건 아니야?' 더럭 겁이 나기도 했다. 평생을 그러셨던 것처럼 새벽에 일어나 스트레칭을 하고 가방을 챙겨 수영장으로 향하는 아버지를 보면서 나는 묘한 마음이 들었다.

먹고살 일도 아닌데 뭘 저토록 애를 쓰시나…….

생각해보면 아버지는 늘 정성스럽게 하루하루를 살았다. 살면서 하루도 허투루 보내는 것을 나는 보지 못했다. 그런 아버지의 하루 속에는 늘 새롭고 신기하고 재미난 일들이 가득했다.

　어렵지만 재밌지 않니?

　이것은 아버지의 입버릇이자 나의 말버릇이기도
했다. 부전여전이라더니, 딱이었다.

　그렇다. 아버지에게 수영은 퇴직 후에 맞이한 작
은 소일거리가 아닌 새로운 삶의 한 조각이자 배움
이었던 것이다. 곁을 지키는 나는 아버지가 고단하
지 않았으면 하는 마음뿐이었지만.

　"아빠, 대충 해요. 국가대표가 될 것도 아닌데."

　아버지는 저녁 뉴스를 보면서도 소파에 걸터앉아
발차기 연습을 했다. 그러다 자세가 어정쩡하다고
생각되는 날에는 거실 바닥에 엎드려 '하나, 둘' 구령
을 붙여가며 발차기를 하는 게 아닌가! 엎드려 있던
아버지의 모습이 우스꽝스러우면서도 명치끝이 얼
얼해지는 것은 왜인지.

괜한 안쓰러움과 미안함에 나 또한 아버지 옆에 엎드려 자유형 발차기를 보여드렸다.

"이렇게요. 다리를 쭉 펴고 허벅지로 찬다는 느낌으로."

"이렇게? 이렇게 하는 게 맞니? 이상하게 자꾸 무릎이 구부러지네."

흰머리가 성성한 아버지와 과년한 딸이 거실 바닥에 배를 깔고 엎드려 허우적대는 발차기가 가히 아름다운 풍경은 아닐 것이나 괜찮다. 아버지와 내가 함께 웃었으니까.

올여름, 수영장 푸른 물에서 힘차게 질주할 아버지의 발차기가 기대되는 오늘이다.

아임 쏘 쏘리

but 이건 추억이야

이제 와 밝히지만 나에게는 서글픈 영업 비밀이 있다. 이건 나에게 약점이기도 하고 극복할 수 없는 불운이기도 하다. 나는 동화와 청소년소설을 쓰는 작가지만 그들의 삶을 잘 모른다. 옆에 끼고 살지 않기 때문이다. 그렇다, 자식이 없는 탓이다.

"하아, 애들 마음을 도통 모르겠어."

원고를 쓰다가 막혀서 이런 독백이라도 내뱉으면 엄마는 세상 시크한 표정으로 한마디 한다.

"그러게 진즉에 남편을 만들지 그랬냐."

그러고는 미혼인 과년한 딸에게 엄마는 우리 남매를 키우면서 있었던 재밌는 일화들을 메들리로 늘어놓기 시작한다. 그 주옥 같은(혹자들은 '지옥 같은'이라고 해석하기도 한다) 에피소드를 듣고 있자면 묘한 감정의 소용돌이에 휩싸인다.


아, 결혼해서 애 낳을걸.

이런이런, 내가 그렇게 끔짝한(끔찍+깜찍) 애였다

고? 극악스럽기 짝이 없는 어린이잖아!

　하루에도 열두 번이 아니라 백이십 번은 '어린이'에 대한 정의가 바뀌고는 한다.

　나는 어린이를 좋아하지 않는 동화작가라고 떠들어대지만 이상하게 어린이 이야기를 들을 때면 제일 크게 웃는 사람이 바로 나다. 남들은 이런 나를 두고 애정이 있으나 대놓고 애정 표현을 안 하는 사람이라고 자기들 해석하기 좋을 대로 정의를 내린다.

　아무렴, 어린이를 좋아하면 어떻고, 또 아니면 어떠하랴!

　다시 본론으로 돌아와서 동화 창작은 재밌고 어린이는 잘 모르겠다고 말하는 나는, 그 어린이들의 어머니와 친하다. 가능하면 친해지려고 애쓴다. 그리고 대놓고 그 어머니들에게 선포한다.

　"댁의 자녀가 제 밥줄의 근간이 될 수 있음을 알려드립니다, 어머니."

이 말에 열의 열 명이 "어머머, 작가님 너무 재밌으시다"라고 박장대소한다. 사실 나는 이 선포문 어느 대목이 웃긴지 아직도 알지 못한다. 그래도 어머니들이 좋다면 좋은 거겠지. 우리 엄마가 그랬다. 엄마 속이 편해야 아이도, 남편도, 나아가 이 나라도 편해지는 것이라고!

동화를 쓰면서, 특히 생활 동화를 쓰면서 많은 어머니들과 티타임을 가졌다. 대학과 대학원을 졸업한 제자들도 있었고, 후배들이나 같은 아파트 단지에 사는 이웃들, 우리 엄마의 지인들, 나아가 버스 옆자리에 우연히 앉았다가 말문을 열게 된 분까지…….

『내 이름은 십민준』을 시작할 때, 나는 초등학교 2학년생 아들을 둔 박모 편집장을 만났다. 그녀는 아들의 받아쓰기 시험지를 몰래 찍어 내게 보내주는 치밀함을 선사한 인물이었다. 『내 이름은 십민준 2. 공포의 19단』을 기획할 때는 대학원 제자인 조모 선생님과 김모 선생님이 구구단은 9단이라는 나의 고 정관념을 깨주었다.

"교수님, 요즘 애들은 19단을 외워요."

"네에? 뭐라고요? 19단이요!"

그날의 대화다. 19단 소리를 듣고 충격에 빠진 나는, 나도 모르게 19보다 하나 적은 숫자를 떠올렸다.

『슈퍼 아이돌 오두리』작업을 할 때는 M사 시트콤 준비 기간에 겪었던 어린이 오디션의 도움을 받았다. 아역배우 오디션에 왔던 어머니들의 모습을 보면서 많은 생각을 했던 기억이 난다. 『똥 싸기 힘든 날』을 기획하던 중에는 커피숍에서 만난 일면식도 없는 옆 테이블의 어머니의 사연에 힘입었다. 그 어머니는 같이 커피를 마시던 지인에게 '애가 똥을 참아서 큰일이야. 학교 가서 1교시 때 마려웠는데 참고 온 거야. 어제 5교시까지 있었잖아'라고 푸념을 늘어놓았다. 그 이야기를 엿들으며 나는 하마터면 울 뻔했다. 똥 참는 괴로움을 아는 까닭이라고 밝히

---

° 『내 이름은 십민준 2. 공포의 19단』이송현 글, 영민 그림, 위즈덤하우스, 2022

진 않겠다. 그저 변의와 요의는 우리 인생에 숙명 같은 것이라고 치자.

이제 나는 『내 이름은 십민준』 3탄을 기획하고 있다. 어머니들의 이야기를 듣고 있자면 요즘 우리 어린이들의 삶이 그림처럼 눈앞에 그려진다. 쉽지 않은 인생이다. 더 이상 그 어린이들에게 '동심을 지키자'라든가 '어린이는 그저 친구들과 즐겁게 지내면 돼' 따위의 말을 건네지 못할 것 같다. 세월도 세상도 변했고, 나도 예전의 끔찍했던 아이에서 늙은 미혼으로 위치 이동을 했으니까. 그럼에도 불구하고 자꾸, 무슨 미련인지 어린이들을 둘러보게 된다.

"전 학원을 일곱 개나 다녀요."

아이구야, 강철 체력이구나. 나는 절대 그렇게는 못 다니겠다. 장하다, 어린이!

"난 3학년인데 영어를 잘 못 해요. 우리 반에 어떤 애는 여섯 살 때부터 배워서 엄청 잘하는데……."

° 『똥 싸기 힘든 날』 이송현 글, 조에스더 그림, 마음이음, 2018

열 살이면 영어를 잘해야 하는 건가? 너는 필시 여섯 살 때 영어 대신 다른 것을 엄청나게 잘하는 아이였을 거다.

"우리 아빠는 수학을 엄청 잘하는데 나는 잘 못해요."

애야, 부모는 아빠만 있는 게 아니란다. 엄마도 있어. 뭐? 엄마도 수학왕이라고? 그럼 넌 삼촌을 닮았나 보다.

"있잖아요, 나는……."

그마안! 이제 그만!

어린이들 고민만 듣고 있자니 괜스레 억울한 생각이 든다. 너희, 어린 삶도 나름 힘겹겠지만 나, 중년의 삶도 막막하단다.

"너희 얘기 말고 이제 내 이야기를 할게. 나는 어린이들 이야기를 잘 쓰고 싶은데 결혼도 못했고, 너희 같은 아이도 낳지 못했어. 이제 어쩌면 좋을까?"

아이들한테 이렇게 말하는 내가 어처구니없었다.

물론 달리 답을 원했던 것도 아니었다. 그런데도 내가 만난 어린이들은 진심으로 위로해주는 법을 알고 있었다. 그 작고 따뜻한 손으로 내 손을 꼬옥 잡아주는 건 서비스다.

"힘내요. 우리도 어려울 땐 힘내려고 노력해요."

"어떻게?"

"음……. 엄마한테 물어보거나 밥도 많이 먹고, 간식도 좀 먹어봐요."

어쩌면 좋은가! 세상의 어린이들은 우리가 잊고 있던 정답을 제 작은 가슴에 잘 간직하고 있었다. 이 어린이들은 스스로가 말한 그 귀한 정답들의 가치를 잘 모르는 모양이지만. 그렇기에 나는 어린이들의 어머니와 영원한 친구이고 싶다.


"댁의 자녀분이 오늘은 어떻게 보냈나요?"


이 질문 하나만 장착하면 나는 다소 치명적인 약

점이 있는 동화작가일지라도 천하무적이 될 수 있다. 어머니들이 하소연도 아니고, 그렇다고 자랑도 아닌 묘한 경계에 서서 당신 아이들의 비밀을 나에게 일러주기 때문이다. 나는 그저 성실하고 경건한 자세로 아이들의 비밀을 수첩에 꾹꾹 눌러 담기만 하면 된다.

아무래도 이번에 출간될 동화책 뒤편을 장식할 작가의 말은 어린이들을 향한 사과의 말로 대신해야 할 듯하다. 아마도 작가의 말 첫 문장은 이렇게 시작되겠지.

어린이 여러분, 정말 미안합니다.
여러분의 엄마에게 커피를 제공하면서 친구들의 비밀을 가져왔어요. 물론 자랑할 만한 일도 있겠지만 어떤 친구들은 백 살이 되어서도 세상에 밝히기 싫은 비밀일 거예요. 그런데 여러분의 엄마가…… 작가 선생님한테 말해버렸어요.

오늘 날이 너무 더워서 내가 얼음 둥둥 아이스 아메리카노를 어린이 친구의 엄마한테 두 잔이나 사드렸거든요…….

어쩌고, 저쩌고…….

노트북을 덮고 간만에 노래를 들으련다. 빅뱅의 <거짓말>은 명곡이었지…….

아임 쏘 쏘리 벗 아이 러뷰, 다 거짓말!

어린이들! 동화책을 읽다가 '앗! 이건 내 비밀인데' 하더라도 걱정 마세요. 똥을 참은 것도, 친구랑 싸우다가 선인장 깔고 앉은 것도, 엄마 몰래 학원 빼먹은 것도 모두모두 괜찮아요.

그리고 당당하게 어린이들에게 말하련다.

아임 쏘 쏘리 but 이건 추억이야.

그럼에도 불구하고

하아, 여러분 정말 미안합니다. 이럴 줄 알았으면
드레스를 입고 오는 건데 이럴 줄 모르고⋯⋯
하필이면 온통 시커멓게, 올블랙으로⋯⋯
흠⋯⋯ 장례식장 복장으로 여길 왔네요.


강연을 갔다가 뜻밖의 상을 받았다. 수상 소감을
말하려고 마이크를 잡았는데 미안한 마음에 엉뚱한
소리만 내뱉었다. 나는 진심이었는데 아이들이 웃었
다. 웃음마저 인정스러운 아이들, 눈부신 십 대다.

수많은 글을 쓰면서 여기까지 왔다. 한글도 제대
로 떼지 않고 학교에 입학한 여덟 살짜리는 받아쓰
기를 극복해내고, 일기장에 매일 새로운 사건을 적
어 내려가야 한다는 강박관념을 떨치고, 어쩌다 독
후감 대회와 백일장을 섭렵하고, 기숙학교를 배경으
로 한 동화를 써서 친구들을 상대로 백 원씩 구독료
를 받아내더니(단언컨대 절대로 '삥'을 뜯은 건 아니
다. 간혹 특정 주인공을 유달리 사랑하는 개인 독자의

요청에 의해 비중이 갑자기 커졌을 뿐) 급기야 고3이 되어서는 독서실에 앉아 있는 시간이 무료하다는 이유 하나로 소설을 쓰고 모 대학 전국 백일장에 당선되어 그 상금으로 수원 왕갈비를 사먹기에 이른다.

나는 작가를 업으로 삼을 생각이 없는 사람이었다. 그저 이야기가 좋았고, 글을 쓰게 된다면 어디까지나 '취미로 하자'는 마음뿐이었다. 내가 원했던 주업은 돈을 많이 버는 직종이었다. 책이 좋았고 뭔가 끼적거리는 일을 애정했지만 엄마한테 전해들은 외조모의 말 때문에 작가 되기를 머뭇거렸던 것도 사실이었다.

야, 글쟁이는 배 곯는다.

일제강점기와 한국전쟁을 겪은 외조모께 직업이란 밥을 굶지 않게 하는 그 '무엇'이었다. 그런 분에게 글쟁이는 허무맹랑한 신선놀음이었을까.

직접 묻지 않아서 모르겠다. 그러나 내 기억에도 선명하게 남은 사실은 외조모 역시 이야기를 무척이나 좋아하셨던 분이라는 사실. 동네 소문은 물론이고, 하다못해 장 보러 가다가 만난 거지를 집으로 불러다 함께 밥상을 나눌 때조차 이야기꽃을 피웠다. 세상에 떠도는 온갖 이야기를 들어주고, 당신께서 들려주기도 하면서. 그때 우리와 밥상을 함께했던 거지분은 고봉으로 뜬 밥 때문에 배불렀는지, 아니면 밥 먹는 내내 할머니와 나눈 이런저런 이야기 때문에 배불렀는지, 나는 아직도 그 답이 궁금하다.

배를 곯지 않기 위해 부단히 노력했다. 그러나 굶는다는, 그 막연한 두려움을 이겨낼 수 있었던 건 이야기를 만들어내는 글쓰기의 매력이었다. 다행히 시대가 변해 글로 밥을 벌어 먹고살 수 있게 되었지만 여전히 쉽지 않은 삶이다. 하기야 이 세상에 쉬운 삶이 어디 있으랴!

제 입에 밥 한술 넣는다는 것 자체가 고되고 어려

운 일이다. 다만 나는 아주 운이 좋아 내가 좋아하는 일을 하며 생활해갈 수 있었다. 그렇게 내가 좋아서, 나 좋으려고 한 일인데…….

어쩌다 보니 내가 쓴 청소년소설을 읽은 아이들이 날 초청해주어 강연 자리에 나섰더니 상까지 준단다. 상 이름 또한 시대의 역작이다.

관악 청소년 문학상: 관악중의 마음을 흔들었상

위 작가님께서는 자유롭게 줄 위를 넘나드는
줄타기처럼 능숙한 글솜씨로 뛰어난 작품인
『라인』을 출간하여 관악중학교 학생들의 마음을
흔들었으므로 위 상을 드립니다.

20**년 9월 9일
관악중학교 학생 일동

아아, 나는 타인의 마음을 흔들 수 있는 사람이었던가! 그것도 십 대들의 마음을 사로잡을 만한 문장을 쓸 수 있는 글쟁이였던가!

등단작가가 되기 위해 온종일 책상 앞에 앉아 있는 게 두렵지 않았다. 현실을 직시한 까닭이었다. 문장을 만들어내는 일은 늘 어려웠으나 나는 내가 다른 문우들과 달리 천재가 아니란 사실을 똑똑히 아는 사람이었고, 그렇기에 내가 할 수 있는 최선은 묵묵히 오래 한자리에 앉아 한 문장 한 문장 천천히 써 내려가는 일이라는 것을 알고 있었으니까. 게다가 상은 쉽사리 내게 오지 않았고, 받고 싶다고 받을 수 있는 것이 아니란 사실을 누구보다 잘 알고 있었다. 그랬기에 첫 장편동화로 받았던 마해송문학상도, 첫 동시로 받았던 조선일보 신춘문예도, 첫 청소년소설로 받은 사계절문학상도 내게는 감지덕지한 상이었다. 그 어느 것 하나 소중하지 않은 상이 없었다. 좋은 작가가 되겠다는 한 가지 목표만을 향해 달렸던 끝에 받은 문학상들은 나 스스로를 증명하는 증거였다. 그런데 관악중학교 학생들이 내게 수여한 <관악 청소년 문학상: 관악중의 마음을 흔들었상>은 나를 응원하고 위로해주며 격려하는 그 무엇이었다.

내가 쓴 모든 동화, 청소년소설의 끝에 나는 작가의 말을 쓴다. 명목상 쓴 적이 없다. 원고를 끝마치고 또다시 새로운 이야기를 시작하는 마음으로 쓰는 작가의 말이었다. 그 안에서 나는 늘 내 이야기를 읽는 어린이, 청소년, 그리고 간혹 있을지도 모를 성인 독자들에게 외쳤다.

으랏차차!

일종의 주문이었다. 내 글을 읽을 십 대 독자들이 200페이지 남짓의 이야기를 통해 용기와 격려를 받고, 그들의 미래를 응원하는 단 한 명의 사람이 있다는 것을 기억하길 바란다는 의미였다(독자들이 그런 내 의도를 읽어냈는지는 알 수가 없지만).

관악중학교에서 받은 상은 나를 위해서도 이렇게 근사한 주문을 외워주는 누군가가 있구나를 깨닫게 했다. 보이지 않는 손이 다가와 내 등을 툭툭 두드려주는 것 같아서 마음이 묘했다. 미안함과 고마움이 교차하는 순간이었다. 나 좋으려고 신나게 썼고, 책으로 출간되어 즐거웠다. 그런데 그 책으로 강연도 하고, 십 대 독자들과 직접 만나는 기쁨까지 누렸는데 상이라니!

여전히 나는 아리송하다. '자유롭게 줄 위를 넘나드는 줄타기처럼 능숙한 글솜씨'가 내게 장착되어 있다는 것은 꿈속에서라도 직면한 적이 없었다. 그럼에도 불구하고 나는 쓴다, 동화와 청소년소설을.


하아, 정말 힘든데……

얼마 전에 또다시 디스크 때문에 한의원에 실려

갔는데······.

상을 받았으니 또 쓸 수밖에.

001
# 피땀
# 눈물
## 작가

1판 1쇄 인쇄 2022년 2월 20일
1판 1쇄 발행 2022년 2월 25일
글 이송현
펴낸이 김서윤 · 편집장 한귀숙 · 디자인 지은이
펴낸곳 상도북스 | 출판등록 2020년 12월 08일(제2020-000076호)
주소 서울시 동작구 상도로47나길 5, 101호
전화 02)942-0412 | 팩스 02)6455-0412
전자우편 sangdobooks@gmail.com
인스타그램 instagram.com/sangdobooks
ISBN 979-11-976181-0-9 03810